ILONA MEISE

Das Streicheln deiner Hände

In ihrer Autobiografie beschreibt Ilona Meise die
Betreuung ihrer an Demenz erkrankten Mutter.
Unvorhergesehene Ereignisse zwingen sie aber
immer wieder auf's Neue, schwerwiegende Entscheidungen zu treffen. Während dieser Zeit führte
sie Tagebuch, welches als Grundlage für dieses
Buch diente.

ILONA MEISE

Das Streicheln Deiner Hände

Eine wahre Geschichte

Bibliografische Information der Deutschen Nationalbibliothek:
Die Deutsche Nationalbibliothek verzeichnet diese Publikation
in der Deutschen Nationalbibliografie, detaillierte
bibliografische Daten sind im Internet über
http://www.dnb.dnb.de abrufbar:

ISBN: 978-3-7386-0398-9

Was mich aus meinen Träumen gerissen hat, weiß ich im Moment meines Erwachens nicht. Es muss so gegen vier Uhr am Morgen gewesen sein. Als ich meine Augen ein klein wenig öffne, sehe ich, dass es soeben zu dämmern beginnt. Hier und da hörte man ein ganz feines, leises Gezwitscher, die ersten Vögel waren erwacht. Sonst war nichts zu hören.

Ich bin noch voll mit meinem Traum beschäftigt, er nimmt im Moment mein ganzes Bewusstsein gefangen.

Ich befinde mich in meinem Traum in einem sehr großen Gebäude auf einem Flur und stehe vor einer sehr großen Scheibe. Die Scheibe nimmt die ganze Front des Zimmers, in das ich blicke, ein. Der Raum ist groß, sehr hell und nur spärlich mit einem Bett möbliert, das in der Mitte an der zurückliegenden Wand des Zimmers steht. Alles ist weiß, die Wände, das Bett und auch die Bettwäsche. Es ist zwar alles sehr seltsam, aber ich weiß, dass ich mich in einem Krankenhaus befinde. In dem Bett an der Wand liegt meine Mutter. Sie winkt mir freundlich zu, ich winke zurück, will zu ihr, aber es geht nicht, es gibt keine Tür!

Nach meinem Erwachen bin ich sehr unruhig, obwohl mich dieser Traum nicht beunruhigen muss, schließlich habe ich in den letzten Wochen und Monaten ununterbrochen, viele Stunden an Muttis Krankenbett, in verschiedenen Kliniken und in der Reha gesessen, da ist es nicht verwunderlich, dass mich das noch bis in meine Träume verfolgt. Seltsam ist nur, dass ich nicht zu ihr konnte.

Um weiterschlafen zu können stehe ich erst mal auf, laufe die Treppe zur Küche runter, schütte mir ein Glas Wasser ein und nehme ein paar von meinen Beruhigungstropfen. Es ist ein pflanzliches Mittel, hat aber in der letzten Zeit ganz gut gewirkt und ich schlief schnell wieder ein.

Kaum liege ich im Bett höre ich aus dem Nebenzimmer ein leises Geräusch, wirklich nur ganz leise.

„Das kann ja nur das Handy sein, das Werner gestern in das Nebenzimmer gelegt hatte" denke ich ärgerlich! Ab und zu piept es, damit wir wissen, dass es wieder aufgeladen werden muss. Anrufe auf dem Handy erwarten wir im Moment nicht, denn es ist noch ganz neu in unserem Besitz und niemand, außer unserem Sohn, kennt die Nummer.

Was mache ich jetzt?

Wenn ich jetzt wieder aufstehe, ist es mit dem Einschlafen endgültig vorbei. Ich muss aber heute ausgeschlafen sein, denn ich will mit dem Bus zu Mutti in die Seniorenresidenz, in der sie seit knapp einer Woche zur Kurzzeitpflege ist fahren. Wer weiß was mich heute dort wieder erwartet, da brauche ich ganz dringend meinen Schlaf.

Plötzlich ist das Geräusch weg. Ich entspanne mich und versuche zu schlafen. Doch schon nach kurzer Zeit geht es wieder los.

„Dieses verdammte Handy" denke ich genervt. „Am liebsten würde ich das blöde Ding nehmen und kurzerhand aus dem Fenster werfen dieses Geräusch macht mich vollkommen nervös."

Ein Handy wollten wir eigentlich nicht haben, unser Sohn hat sich ein neues gekauft und es für gut befunden, wenn wir sein altes nehmen.

Ich warte bis es ruhig ist, finde aber keine Ruhe, stehe dann doch auf und bringe das Handy in den Keller, um mich endgültig von dem Quälgeist zu befreien. Auf die Idee, dass es das Telefon sein könnte, das da so unbarmherzig und eindringlich bimmelt, komme ich nicht!

Werner liegt ganz ruhig in seinem Bett und bekommt von alle dem nichts mit. Beneidenswert, wie doch die Männer schlafen können.
„So, jetzt ist alles still, jetzt kannst du weiter schlafen" denke ich und atme tief durch. Schnell schlüpfe ich wieder ins Bett!
Doch kaum habe ich die Decke über meinen Kopf gezogen, dringt der Laut wieder an mein Ohr!
Unmöglich, ja es ist mir unbegreiflich, dass ich das Handy, das ich erst eben in den Keller gebracht habe, bis hier oben höre! Nein das geht nicht, denke ich und bin langsam am verzweifeln.
Doch dann, wie ein Blitzt schießt es mir durch den Kopf, „es ist das Telefon!"
Es war leise gestellt.
Ein ungeheurer Schreck fährt mir durch die Glieder. Mit einem Ruck bin ich wieder aus dem Bett, stürme in den Nebenraum und greife zum Hörer.
Eine mir unbekannte Frau meldet sich.
„Hier ist die Nachtwache aus der Seniorenresidenz, ihre Mutter ist heute Nacht gestürzt, wir mussten sie ins Krankenhaus bringen!"
Vor Schreck bin ich so durcheinander, dass ich ganz taumelig werde. In meinem Kopf beginnt alles sich zu drehen. Das ruckartige Aufstehen bei der Hitze, die schon seit einiger Zeit herrscht, ist wohl auch Schuld an meinem Befinden. Ich bringe keinen Ton heraus, bin wie im Schock. Ich kann das, was ich eben gehört habe, im Moment nicht richtig begreifen ich will es wohl auch nicht.

„Nein, lieber Gott, bitte nicht schon wieder!
Bitte gib, dass sie sich nicht schon wieder etwas
gebrochen hat!" Eilig sende ich ein kleines
Stoßgebet zum Himmel.
Hallo, hören sie mich noch!"
Nach einem leisen „ja" von mir spricht die Stimme
am Telefon weiter.
„Ihre Mutter hat sich wahrscheinlich den rechten
Oberschenkel gebrochen!"
Obwohl es im Moment sehr heiß ist, wir haben den
wärmsten Sommer seit Jahren, fange ich an zu
zittern.
„Es tut mir sehr leid, dass ich sie nachts stören
musste" dringt die Stimme weiter an mein Ohr.
„Viele wollen das nicht und schimpfen mit mir und
sagen, das hat doch Zeit bis zum Morgen!"
Endlich habe ich meine Stimme wieder und sage
verstört, „ das ist schon in Ordnung, gut dass sie
uns Bescheid gegeben haben, in welchem
Krankenhaus liegt meine Mutter?"
Sie nennt mir den Namen des Krankenhauses in
der nächsten Großstadt und versucht noch, mich zu
trösten.
Ich bedanke mich für den Anruf und versichere ihr
noch einmal, dass es richtig war, uns anzurufen.
Schnell lege ich den Hörer auf und gehe zurück
ins Schlafzimmer.
Inzwischen ist auch Werner von dem vielen hin
und her aufgewacht und fragt mürrisch, „ was ist
los?"
Als er hört, was passiert ist, ist auch er sprachlos.
Ich bin vollkommen fertig!
Diese Nachricht hat mich so umgehauen, dass ich
im Moment überhaupt nicht weiß was ich denken
soll. Vor lauter Aufregung bin ich unfähig, etwas

zu tun, lege mich auf mein Bett und heule. Werners Hand kommt zu mir rüber, um mich zu trösten. Der Schreck muss erst mal überwunden werden.

Doch dann denke ich, " was liegst du hier im Bett und heulst, unternimm lieber etwas!"

Schnell bin ich wieder hoch, eile flott in den Nebenraum zum Telefon und lasse mir von der Auskunft die Telefonnummer vom Krankenhaus geben. Sofort rufe ich dort an. Ich werde mit der Station verbunden, auf der meine Mutter inzwischen liegt.

Nachdem ich der Stationsschwester, die sich am Telefon gemeldet hatte, den Grund meines Anrufs erklärt habe, übergibt sie das Gespräch an den behandelnden Arzt weiter. Er ist sehr nett und auch sehr froh, dass ich mich, obwohl es noch sehr früh am Morgen ist bei ihm melde. Er erklärt mir, dass der Oberschenkel gebrochen ist und Mutti operiert werden muss. Dafür bräuchte er aber einige Unterschriften von mir. Als ich ihm versichere, dass ich sofort komme, ist er sehr erleichtert.

Eilig renne ich ins Schlafzimmer zurück.

„Werner, ich habe mit dem Arzt im Krankenhaus gesprochen, steh schnell auf, wir müssen sofort hinfahren!"

Werner springt aus dem Bett! Während wir uns flink anziehen, versuche ich ihm zu erklären, was ich vom Arzt erfahren habe. Schnell noch einen Happen essen und trinken, aber ich bin so nervös, ich kriege einfach keinen Bissen runter.

Es ist noch sehr früh am Morgen so gegen halb sechs und schon extrem heiß. Seit Tagen liegt über unserem Land eine brütende Hitze. Es ist Ende Juli.

Das Krankenhaus ist sehr groß. Prompt verlaufen wir uns erst einmal und kommen in einem falschen Gebäude mit dem Fahrstuhl an. Also schnell wieder rein in den Fahrstuhl und zurück fahren. Unten angekommen laufen wir nun in die andere Richtung und fahren dort mit dem Fahrstuhl wieder nach oben. Endlich haben wir es gefunden. Wir befinden uns im siebten Stockwerk.

Meine Güte, ist das hier oben heiß!

Unsere Aufregung macht es wohl noch heißer. Wir finden eine Schwester, die uns das Zimmer, in dem Mutti liegt, zeigt.

Als ich die Tür öffne und Mutti sehe, weiß ich sofort, dass sie wieder an den entsetzlichen Rückenschmerzen leidet, die sie schon seit Wochen, seit sie in der Reha war, plagen.

Wenn der behandelnde Arzt dort in der Reha mir geglaubt hätte und ihr das Medikament, das ihr schon vor Jahren von einem erfahrenen Arzt verschrieben worden ist und sich sehr bewährt hatte, verordnet hätte, wären die Schmerzen längst vergessen.

Mutti kann sich im Bett kaum bewegen und ist sehr unruhig. Warum sie hier im Krankenhaus liegt weiß sie nicht. Sie weiß auch nicht, dass sie sich wieder einen Oberschenkel gebrochen hat. Sie weiß praktisch gar nichts, ist aber sehr, sehr froh, dass wir bei ihr sind.

Der Stationsarzt kommt ins Zimmer. Ich erkläre ihm, warum Mutti so unruhig ist.

„Es liegt an ihrem Rücken, der ihr schon seit längerer Zeit große Probleme macht!"

In kurzen Sätzen berichte ich ihm von den Schwierigkeiten der letzten Wochen.

„Ich weiß, wie ich meine Mutter ganz schnell beruhigen kann und wie auch die Schmerzen gelindert werden können. Dafür benötige ich ein Handtuch, eine Plastikfolie und eine Tablette." Ich nenne ihm den Namen der Tablette und sehe ihn bittend an.

„ Ist in Ordnung, ich besorge Ihnen das" sagt der Arzt freundlich und geht rasch aus dem Zimmer. Kurz danach ist er wieder da und bringt mir alles.

Erleichtert atme ich tief durch, ich bin so froh, dass dieser Arzt so nett ist und auf meine Forderung eingeht. Ich kann kaum glauben, dass es so etwas gibt!

Nach den großen Problemen, die ich mit dem behandelnden Arzt in der Reha hatte, ist das schon erstaunlich. Erst vor einer Woche wurde Mutti aus der Reha entlassen und kam zur Kurzzeitpflege in ein Pflegeheim.

Schnell wende ich mich meiner Mutter zu. „Gleich sind deine schlimmen Schmerzen weg" versuche ich sie zu beruhigen. „Jetzt bekommst du erst mal einen Wickel."

Am Waschbecken lasse ich heißes Wasser über das Handtuch laufen und prüfe ob es auch nicht zu heiß ist.

Werner hatte Mutti währenddessen ein ganz klein wenig und sehr behutsam zur Seite gerollt damit ich die Plastikfolie auf das Betttuch legen kann damit es nicht nass wird. Auf die Plastikfolie kommt nun das sehr warme, nasse Handtuch. Nun legen wir Mutti ganz sachte mit dem Rücken auf das nasse Tuch. Dann gebe ich ihr noch die Tablette. Mutti lässt alles sehr willig über sich ergehen. Es ist zwar sehr heiß im Zimmer aber augenblicklich, als Mutti die feuchte Wärme spürt, beruhigt sie sich. Die Tablette tut das ihrige.

Von diesen furchtbaren Schmerzen im Rücken ist sie vollkommen fertig deshalb spürt sie wohl auch nicht die Schmerzen in ihrem gebrochenen Bein. Sie schließt ihre Augen und ist nach ein paar Minuten eingeschlafen.

Diese Methode hat immer geklappt! Schon die ganze letzte Woche hatte ich in dem Pflegeheim von morgens bis abends an ihrem Bett gesessen und ihr feuchte Wickel gemacht. Ich wusste, nach ein paar Tagen würde sie schmerzfrei sein! Bis dahin würden die heißen Wickeln die Schmerzen erträglicher machen.

Aber es klappte dieses Mal einfach nicht! Nur für kurze Zeit hatten die Schmerzen nachgelassen und waren dann erneut mit aller Macht wieder auf-getreten. Ich war völlig verzweifelt und befürchtete schon, dass Mutti nun immer darunter leiden müsste. Dann erfuhr ich jedoch, dass ihr die Tabletten nicht pünktlich, alle acht Stunden, gegeben worden sind. Gerade das war ja so wichtig! Da konnte ich noch so viele Wickel machen, ohne die genaue Einnahme der Tabletten ging es nicht. Bei einfachen Rückenschmerzen halfen die Wickel schon, Mutti litt aber an einer starken Abnutzung der Knochen, an Osteoporose.

Wir standen an Muttis Bett und schwitzten. Noch nicht mal acht Uhr und schon so heiß.

Da Mutti nun ruhig schlief, sie war wegen der Hitze und dem warmen Wickel nur mit einem leichten Betttuch zugedeckt, gingen wir erst mal aus dem Zimmer, das am Ende des Flures lag. Dort gab es einen kleinen Balkon. Wir traten hinaus und versuchten uns ein wenig zu entspannen.

Auf der Fahrt ins Krankenhaus hatten wir uns überlegt dass es gut wäre wenn wir Mutti in das Krankenhaus, das sich bei uns in der Kleinstadt befand, verlegen lassen könnten. Wir hatten das auch schon bei unserer Ankunft mit dem Arzt besprochen. Er war einverstanden und wollte alles regeln.

Als wir vom Balkon wieder zurück in den Flur traten kam uns eine Schwester entgegen und sagte, „ ich glaube Sie haben Glück, in dem Krankenhaus ist ein Bett frei. Nun müssen wir nur noch den Transport hinkriegen."

Mutti sollte sofort, noch vor der Operation, verlegt werden.

Soweit klappte alles ganz gut. Ich betete innerlich und bat, „lass es gelingen."

Dieses Krankenhaus gefiel uns ganz und gar nicht. Die Zimmer waren einfach fürchterlich, viel zu klein für drei Patienten und dann diese entsetzliche Hitze hier oben.

Der nette Arzt kam.

„ Ein Bett haben wir, der Transport ist bestellt, aber der Oberarzt will Sie vorher noch sprechen. Er hat einige Bedenken, aber ich hoffe für sie, dass es doch noch klappt."

Wir bedankten uns für seine Bemühungen und mussten warten. Ich schaute nach Mutti, sie lag ruhig im Bett und schlief.

Nach einer viertel Stunde kam der Oberarzt in Begleitung des Stationsarztes. Er begrüßte uns sehr freundlich. Er gab uns zu bedenken, dass der Transport vor der OP Folgen haben könnte. Mutti könnte eine Embolie oder eine Lungenentzündung bekommen.

Wieder erklärten wir unsere Situation, dass wir seit Wochen, fast jeden Tag, in verschiedenen Krankenhäusern und in der Reha waren, um meine Mutter, die an starker Vergesslichkeit litt, zu betreuen und zu unterstützen.

„Der Weg in dieses Krankenhaus wäre für mich sehr umständlich. Für meine Mutter ist es aber wichtig, dass ich jeden Tag bei ihr bin. Sie hat in letzter Zeit so viel durchgemacht, ich glaube nicht, dass ihr der Transport schadet. „Was geschehen soll, wird geschehen" versuchte ich den Arzt zu überzeugen.

Der Oberarzt willigte ein. Wir unterschrieben ein Formular und es konnte losgehen. Die Sanitäter, mit der fahrbaren Trage, waren inzwischen schon angekommen und standen im Flur bereit für den Transport. Mutti lag im Bett und schlief ganz fest.

„ Wie kriegen wir sie jetzt auf das Transportbett?"
Die Sanitäter, die noch einen sehr jugendlichen Eindruck machten, sahen sich ratlos an. Es tat ihnen anscheinend leid, Mutti wecken zu müssen.

„ Ganz einfach!" sagte ich. „Sie nehmen das Betttuch an den Enden und ziehen meine Mutter damit ganz vorsichtig auf die Trage."

In den letzten Wochen hatte ich diesbezüglich schon reichlich Erfahrung gesammelt. Da musste das Krankenhaus halt mal auf ein Betttuch verzichten. Notfalls würde ich es zurückbringen. Ganz sanft wurde Mutti nun auf die Trage gezogen.

Es klappte prima, Mutti wurde nicht mal wach! Selbst während des Transportes, der etwa eine halbe Stunde dauerte, schlief sie fest. Als Mutti aus dem Krankenwagen gehoben wurde und die Trage von den Schienen rutschte, machte das ganz schön Lärm. Auch die Unterhaltung der Sanitäter war nicht gerade leise. Mutti schlief, sie musste wohl von dem Sturz, den Schmerzen und der Aufregung in der Nacht vollkommen erledigt sein. Als wir schließlich in der Station ankamen, in der sich die Notaufnahme befand, lief mir der Chefarzt über den Weg. Ich wollte Mutti möglichst weitere Aufregungen ersparen und bat ihn sehr freundlich, nachdem ich ihm kurz die Situation erklärt hatte, ob es möglich wäre, Mutti gleich ins Bett zu legen und nicht erst wieder auf eine Trage?

Was jetzt kam hatte ich nicht erwartet, obwohl ich den Arzt schon bei dem ersten Aufenthalt meiner Mutter in diesem Krankenhaus als sehr arrogant und unfreundlich kennen gelernt hatte.

„ Jeder, der hier ankommt will sofort drankommen! Es geht hier alles der Reihe nach, wir haben viel zu tun! „ schnauzte er mich an und weg war er. Außer uns war aber niemand da. Die Schwestern sahen sich erstaunt an und Werner, der gerade um die Ecke kam, sagte mit fragendem Blick,

„ nanu, was ist hier los?"

Eine sehr nette Schwester kam auf mich zu, sie sah, dass ich vollkommen fertig war, tröstete mich und organisierte alles ganz schnell. Als wir im Behandlungsraum waren schenkte sie mir erst mal ein Glas Wasser ein und sagte freundlich, „ ich kann Sie gut verstehen, ich habe auch alte Eltern, ich weiß, was man da mitmacht!"

Alles musste nun noch einmal neu aufgenommen werden. Ich hatte geglaubt, dass die Aufnahme schneller gehen würde, da Mutti vor ein paar

Wochen schon hier war. Wieder musste ich viele Fragen beantworten. Gegen neun Uhr waren wir angekommen, nun war es schon zwölf. Mutti sollte gleich operiert werden, kam aber vorher noch aufs Zimmer.

Mutti schlief oder schlummerte während der ganzen Zeit. Ein oder zweimal wurde sie wach und schaute mich ganz irritiert an. Ich habe dann jedes Mal ihre Hand genommen und beruhigend mit ihr gesprochen.

„Alles ist in Ordnung, schlaf ruhig weiter, ich regele das schon für dich." Sie machte dann gleich wieder ihre Augen zu und schlief wieder ein.

Bevor Mutti auf das Zimmer kam, bekam sie noch ein Beruhigungsmittel und fiel dann sofort in einen ganz tiefen, narkoseähnlichen Schlaf.

Werner war schon längst gegangen, er musste pünktlich ins Geschäft, hatte aber noch vorher bei unserem Sohn angerufen. Unsere Schwiegertochter war daraufhin gleich zu mir gekommen

Wir beide gingen noch mit aufs Zimmer und saßen traurig an Muttis Bett. Mutti schlief fest, sah aber zum Erbarmen aus. Die Zähne hatten sie ihr schon aus dem Mund genommen, sie war blass wie die Wand. Mit wehem Herzen dachte ich, „hoffentlich wird sie auch diese Operation gut überstehen." Schließlich war sie schon neunundachtzig Jahre alt und hatte in der letzten Zeit sehr viel mitgemacht.

Plötzlich schossen mir Tränen in die Augen. Ich konnte den elenden Anblick einfach nicht mehr ertragen. Schnell gab ich Mutti noch einen Kuss auf die Wange und flüchtete aus dem Zimmer.

Heulend lief ich durch die Flure und die Treppe hinunter. Alle, die mir entgegenkamen, sahen mich erstaunt und mitleidig an. Meine Schwiegertochter eilte hinter mir her und versuchte mich zu beruhigen. Ich war vollkommen erledigt. Die letzten Wochen waren so nervenaufreibend und anstrengend gewesen, hatten so an meiner Kraft gezehrt, ich hatte immer gehofft, dass Mutti bald wieder laufen lernte, damit sie wieder zu uns kommen konnte.

Meine Schwiegertochter fuhr mich nach Hause und sagte, „ ruh dich erst mal aus, es wird schon alles wieder gut."

Zu Hause setzte ich mich zuerst mal in unserem Wohnzimmer auf die Couch. In meinem Kopf ging alles durcheinander, ich konnte noch gar nicht richtig begreifen, was sich seit dem Morgengrauen alles ereignet hatte. Dazu hämmerte und pochte es gewaltig in meinen Schläfen, besonders an der linken Seite, an meiner Wange, schmerzte es sehr! Der angegriffene Nerv dort machte sich wieder sehr unangenehm bemerkbar.

Auch in meinem Magen grummelte es, mir war richtig übel. Kein Wunder, ich hatte seit den frühen Morgenstunden nichts gegessen. Schnell machte ich mir eine Kleinigkeit zurecht. Es wollte aber immer noch nicht so richtig rutschen, irgendwie war ich noch zu aufgewühlt.

Am liebsten würde ich erst mal ein wenig schlafen und wenn es nur ein paar Minuten wären.

Ich legte mich auf das Sofa und schloss die Augen. Doch auch an Schlaf war nicht zu denken. Die Gedanken ließen sich nicht so einfach abstellen.

Nach einer Stunde stand ich wieder auf und ging in den Garten. Im Haus war es angenehm kühl gewesen, aber im Garten war es zu dieser Zeit unerträglich heiß. Selbst im Schatten konnte man es nicht aushalten. Der Juli, der sich langsam dem Ende neigte, meinte es in diesem Sommer besonders gut.

Ich begab mich wieder ins Haus, aber hier konnte ich keine Ruhe finden, deshalb trat ich vor die Haustür und setzte mich auf die Treppe, die zur Eingangstür führte. Hier war es noch am kühlsten.

Der Eingang lag nach Norden, hier kam die Sonne so gut wie nie hin. Außerdem zog ab und zu ein kleiner Windstoß an mir vorbei. Hier ließ es sich besser entspannen, obwohl viele Autos hinter dem Wall, an dem wir wohnen, vorbeifuhren. Hier kamen aber keine Leute vorbei, mit denen ich hätte reden müssen. Ich wollte einfach im Moment niemanden sehen! Ich wollte hier sitzen, mich entspannen und in Ruhe nachdenken.

Den ganzen Nachmittag saß ich auf der Treppe. Allmählich ließ die Anspannung ein wenig nach.

Wie sollte es jetzt bloß weitergehen?

Ich wusste es im Moment nicht!

Immer wieder hatte ich in den letzten Wochen gehofft, dass Mutti sich erholt und auf die Beine kommt, damit ich sie wieder zu uns holen konnte.

War das nun, nachdem das andere Bein auch noch gebrochen war, überhaupt noch möglich?

Wo sollte ich sie aber dann unterbringen?

Das Seniorenheim, in dem sie zur Kurzzeitpflege war kam für mich überhaupt nicht mehr in Frage.

Die letzte Woche dort war dermaßen aufreibend gewesen, nein dort kann ich sie nicht mehr guten Gewissens unterbringen!

Und in die Reha?

Nein, auf keinen Fall, unter keinen Umständen, dort lasse ich sie nie wieder hin! Ich machte mir sowieso schon die größten Vorwürfe, dass ich es

befürwortet hatte, dass Mutti nach ihrem Aufenthalt im Krankenhaus in die Reha kam. Ich hatte
es ja nicht nur befürwortet, ich hatte sogar den
Antrag gestellt!
Gleich nach ihrer Entlassung aus dem Krankenhaus hätte ich sie zu mir holen sollen! Bestimmt
wäre sie bei uns nicht gefallen!

Nun war ich an einem Punkt angekommen, an dem
ich absolut nicht mehr weiter wusste!
Ich saß auf der Treppe und ließ alles noch einmal
durch meinen Kopf ziehen.

Erstes Kapitel

Meine Eltern lebten, obwohl sie schon beide ein höheres Alter erreicht hatten, noch in ihrer Wohnung in Bielefeld. Trotz der Vergesslichkeit von Mutti, die sich so ungefähr mit ihrem fünfundachtzigsten Lebensjahr bemerkbar gemacht hatte, kamen sie einigermaßen gut zurecht. Als dann vor zwei Jahren Vati starb, beschlossen wir Geschwister, abwechselnd für Mutti zu sorgen. Wir wollten Mutti nicht so schnell aus ihrer vertrauten Umgebung herausreißen. Mutti wollte auch unbedingt ihre Wohnung behalten und weiterhin in ihrer Wohnung leben.

Nach der Beerdigung   von Vati nahm meine Schwester Mutti erst mal für vier Wochen mit zu sich nach Hamburg. Danach verbrachte sie den ganzen Sommer bei uns. Die Kleinstadt, in der wir wohnen, liegt ungefähr in der Mitte zwischen Bielefeld und Hamburg.

Ende August machten wir mit Mutti eine schöne Reise. Wir fuhren mit ihr nach London zu ihrer Schwester, die ihren neunzigsten Geburtstag feierte. Verreist war Mutti schon immer sehr gerne. Sie freute sich riesig, endlich nach sehr langer Zeit ihre ältere Schwester wieder zu sehen.

Wir fuhren mit unserem Auto nach Holland. Dann brachte uns und unser Auto eine Fähre an die Küste Englands. Mit dem Auto waren es nur noch eineinhalb Stunden bis zu Tante Elises Wohnort, ein Vorort von London.

London empfing uns mit dem herrlichsten Sonnenschein. Wunderbares Sommerwetter erwartete uns. Obwohl beide, Mutti und Tante

Elise, schon ein hohes Alter erreicht hatten, waren sie noch sehr munter und mobil. An einem schönen, sonnigen Tag nach Tante Elises Geburtstag, machten wir ihnen den Vorschlag, einen Ausflug zu unternehmen. Wir wollten mit ihnen eine Schifffahrt auf der Themse machen. Sie stimmten beide freudig zu.

Mit unserem Auto fuhren wir bis nach Greenwich. Stellten das Auto dort auf einen Parkplatz und liefen durch den schönen, großen Park, mit seinen herrlichen Anlagen, bis hinunter zur Straße, die zur Themse führte. Am Ufer der Themse standen viele Ausflugsschiffe. Wir wollten mit dem Schiff zum Tower und zur Tower Bridge fahren.

Da wir in Begleitung zweier älterer Damen waren, brauchten wir nicht lange warten, sondern durften sofort, an den wartenden Leuten vorbei, auf das wartende Schiff gehen. Die Fahrt auf der Themse bei hellem Sonnenschein war wunderbar. Am Tower stiegen wir aus, gingen dort ein wenig spazieren und gönnten uns in einem Lokal ein leckeres Sandwich und ein Getränk. Später ging es mit dem Schiff wieder zurück nach Greenwich. Auf dem Rückweg vom Schiff zum Parkplatz kamen wir an der Cutty Sark einem alten Schiff, das zur Besichtigung an der Themse lag, vorbei. Auch bewunderten wir die über und über mit vielen bunten Blumen geschmückten Pubs die an unserem Weg lagen. Die Blumen der Pubs leuchteten uns schon von weitem entgegen. Es sah herrlich aus!

Den ganzen Tag waren wir mit Mutti und Tante Elise unterwegs. Tante Elise, mit ihren neunzig Jahren, war noch gut zu Fuß. Sie meinte zu Mutti, „ ich kann noch schneller laufen als du."

Mutti protestierte, „ ich kann genau so gut laufen wie du!"

Sie waren beide gut gelaunt und sehr fröhlich. In ihrer Freude, nach so langer Zeit sich wieder zu sehen, waren sie vor Glück richtig übermütig. Werner hatte Tante Elise am Arm, sie war fast blind und an meinem Arm war Mutti. Wir verlebten einen wunderschönen Tag mit ihnen.

Tante Elise Haus, ein typisches, englisches Reihenhaus, das am Ende der Reihe lag, hatte wie fast alle Häuser einen Erker im Wohnzimmer. Es war voll mit alten, englischen Möbeln ausgestattet und lag in einem Stadtteil von London, in Shooters Hill. Dieser Stadtteil lag sehr hoch über London. Von Woolwich aus, das in der Nähe von Greenwich liegt, führte eine sehr steile Straße, die Herbert Road, nach oben. Dort oben hatte man einen herrlichen Blick auf die riesige Stadt, durch die sich die Themse wie eine riesige, breite Schlange zog. Besonders am Abend, wenn es dunkel war, war der Anblick besonders faszinierend. Jeden Abend gingen wir die Straße an Tante Elises Haus ein kleines Stück entlang, bis wir zu einem großen Park kamen. Wir stellten uns auf eine große, abschüssige Wiese, die wie alle Rasenflächen in London sehr gepflegt war, um von hier aus das Lichtermeer Londons zu bewundern. Der Blick war atemberaubend und jedes Mal wieder ein Erlebnis. Danach saßen wir noch lange in der sehr kleinen Stube von Tante Elise und erzählten.

Mutti und Tante Elise hatten viel nachzuholen, denn sie hatten sich viele Jahre nicht gesehen. Sie wurden gar nicht müde, selbst im Bett redeten sie noch lange. Manchen Nachmittag verbrachten wir auch in ihrem kleinem Garten, im Schatten des

Fliederbaumes wo viele Erinnerungen von früher wurden ausgetauscht.

Leider gingen die paar Tage, die wir zu Verfügung hatten, viel zu schnell vorbei und wir mussten Abschied nehmen. Von Tante Elise, von der herrlichen Stadt, die wir eigentlich nur, sooft wir da waren, bei schönem Wetter kennen gelernt hatten und von ihrem kleinen Haus, voller Antiquitäten und dem wunderbaren, allabendlichen Blick auf London.

Wir ahnten noch nicht, dass es unser letzter Besuch bei Tante Elise sein sollte. Als wir wieder zu Hause waren, erreichte uns zwei Wochen später die Nachricht, dass Tante Elise plötzlich verstorben war. Sie war einfach in ihrem Garten umgefallen. Das war eine sehr, sehr traurige Nachricht für uns alle, besonders für Mutti. Noch heute denken wir oft und gerne an unsere Urlaube in London, bei Tante Elise, zurück.

In letzter Zeit fragte Mutti immer öfter nach ihrer Wohnung. „Wann bringt ihr mich wieder nach Hause? "

Sie war nun schon ein paar Monate bei uns.

Mitte Oktober, als wir annahmen, dass sie den ersten Schmerz über den Verlust von Vati überwunden hatte, brachten wir sie in ihre Wohnung zurück. Versorgt wurde Mutti hier von unserer Schwägerin. Sie fuhr zwei Mal am Tag zu ihr. Brachte ihr Essen und passte auf, dass sie ihre Tabletten pünktlich und richtig nahm. Vier Tage in der Woche, von Freitag bis Montag, wohnte Mutti ganz bei unserem Bruder und unserer Schwägerin, damit sie nicht so lange allein war. Das klappte sehr gut.

Im Januar nahmen wir Mutti mit in den Winterurlaub in das Kleine Walsertal. Sie kannte das Urlaubsgebiet schon von mehreren Ausflügen, die sie mit Vati unternommen hatte, gut. Nun lernte sie es im Winter kennen. Es gefiel ihr sehr gut. Man konnte trotz des vielen Schnees so herrlich in der Sonne sitzen, während es zu Hause stürmte, kalt war und regnete.

Während unseres Urlaubs brach sich unsere Schwägerin den Fuß. Sie konnte Mutti zu Hause nicht mehr versorgen. Mutti blieb ein halbes Jahr bei uns.

Im Herbst machte sie wieder eine tolle Reise. Mutti flog mit meiner Schwester und ihrer Familie nach Portugal. Sie hatte überhaupt keine Flugangst. Sie und mein Vater hatten beide, im hohen Alter von achtzig Jahren, das allererste Mal in ihrem Leben eine Flugreise unternommen. Damals machten wir mit unseren erwachsenen Kindern zu Ostern Urlaub auf der Ferieninsel Mallorca und nahmen unsere Eltern mit. Von diesem Urlaub auf der wunderbaren Insel am Meer, die schon im April sommerlich warm war, waren beide voll begeistert. Oft saßen sie bei ihren Besuchen bei uns im Garten und schauten zum Himmel und bei jedem Flugzeug, das sie sahen, erinnerten sie sich an ihren ersten Flug.

Portugal, wunderschöne Tage am Meer, das Mutti so liebte und den vielen herrlichen Ausflügen auf der Insel, machten den Urlaub für Mutti zu einem unvergesslichen Erlebnis.

In letzter Zeit merkten wir sehr, dass Muttis Gedächtnis immer schlechter funktionierte.

Wenn sie zu Hause war, rief ich täglich bei ihr an. Sie vergaß laufend, den Hörer des Telefons wieder richtig zurückzulegen, und mit dem Fernseher kam sie auch nicht mehr zurecht.

Ich versuchte immer, für ein wenig Abwechslung für sie zu sorgen. Wenn es einen schönen Film oder eine interessante Sendung im Fernseher gab, rief ich bei ihr an. Schon das Einschalten des Gerätes war für sie schwierig. Als Vati noch lebte hatte nur er das Gerät bedient. Wenn ich ihr erklärt hatte, welchen Knopf sie drücken musste, damit der Fernseher erst mal lief, war schon eine Zeit vergangen. War der Fernseher endlich an, hatte sie schon auf so viele Knöpfe gedrückt, dass der Ton weg war. Ihr dann wieder klarzumachen, welchen Knopf sie jetzt drücken musste, damit sie was hören konnte, war kaum möglich. Das Telefon stand im Flur und der Fernseher im Wohnzimmer. Mutti lief immer hin und her und hatte im nu vergessen was ich ihr gesagt hatte. Nach zwanzig Minuten lief endlich das gewünschte Programm, dann vergaß sie aber den Telefonhörer wieder richtig auf den Apparat zurückzulegen. Wir hatten keine Verbindung mehr und ich rief besorgt bei ihrem Nachbarn, einem netten jüngeren Mann an, der dafür sorgte dass ich sie wieder anrufen konnte. So konnte es absolut nicht mehr weitergehen und wir entschlossen uns Mutti ganz zu uns zu nehmen. Vorher hatte sie sich aber noch ihre Hand verstaucht. Die Hand war blutunterlaufen und mein Bruder fuhr mit ihr besorgt ins Krankenhaus. Durch die Aufregung war ihr Blutdruck sehr hoch. Auch ihre sehr starken Beschwerden im Rücken hatten sich wieder eingestellt, deshalb musste sie erst mal im Krankenhaus bleiben.

Ihr Blutdruck regelte sich schnell, aber ihre Rückenbeschwerden bekamen die Ärzte nicht in den Griff. Sie bekam ihre morphiumhaltigen Tabletten, aber die Schmerzen gingen nicht weg. Kein Wunder, die Schwestern legten die Tabletten einfach auf Muttis Nachttisch, obwohl sie wussten, dass Mutti mit der Tabletteneinnahme nicht mehr alleine zurechtkam. Wurden diese Tabletten nicht pünktlich alle sieben bis acht Stunden genommen, halfen sie nicht. Mutti war im Krankenhaus vollkommen durcheinander. Sie wusste absolut nicht, wo sie war.

Nach zwei Wochen Aufenthalt im Krankenhaus wurde sie trotz ihrer starken Rückenprobleme entlassen. Normalerweise, bei richtiger Gabe der Tabletten, wären die Schmerzen nach ein paar Tagen vollkommen weg gewesen. Wir hatten das schon ein paar Mal bei ihr praktiziert. Waren die Schmerzen einmal weg, blieben sie auch weg und man konnte die Tabletten ganz allmählich wieder abbauen.

Mutti kam nun zu uns. Wir hatten im Erdgeschoß ein schönes Zimmer für sie. Die Toilette war im Flur direkt neben ihrem Zimmer.

Sie war von dem Krankenhausaufenthalt sehr geschwächt und vollkommen durcheinander. Zum Frühstück half ich ihr morgens aus dem Bett. Sie war so müde, dass sie mehr am Tisch hing, das sitzen viel ihr schwer. Der Schmerz, der wie ein Dolch zwischen ihre Rippen fuhr, nahm ihr alle Kräfte. Vor Schmerzen konnte sie kaum essen.

Da sie so schwach war, traute ich mich kaum ihr die starken Tabletten zu geben, aber es musste sein, sonst würde sie die Schmerzen nicht loswerden.

Sie war völlig apathisch, sprach kaum, sodass ich große Angst hatte, dass sie sterben könnte. Ich war sehr besorgt und sehr traurig. Ich traute mich nicht mehr aus dem Haus.

In der Nacht stand Mutti, trotz ihrer Schwäche öfters auf, um auf die Toilette zu gehen. Wir schliefen oben, Mutti schlief unten. Ich befürchtete, dass sie schwindelig werden und hinfallen könnte, deshalb stand ich ein oder zweimal in der Nacht auf, um nach ihr zu sehen. War sie in ihrem Bett, war ich sehr froh. Es passierte aber auch, dass ich sie vor ihrem Bett liegend vorfand. Alleine konnte sie nicht wieder aufstehen. Schnell lief ich nach oben, um Werner zu wecken, der sie wieder hochhob und ihr ins Bett half. Danach war ich noch besorgter. Hatte ich nach ihr gesehen und mich wieder hingelegt, lag ich im Bett und horchte. Vielleicht steht sie gleich auf! Ich konnte nicht wieder einschlafen. Besorgt stand ich noch mal auf, um nach ihr zu sehen.

Eines Morgens haben wir ihre Zähne in der Garderobe gefunden. Sicher ist ihr nachts, als sie zur Toilette gehen wollte schwindelig geworden. Sie ist getaumelt und dabei ist ihr Gebiss, das sie auch nachts trug, heraus gefallen.

Langsam erholte sich Mutti. Ich hatte ihr laufend feuchte Wärme mittels einem nassen Lappen und einer heißen Wärmflasche gemacht. Das tat ihr immer sehr gut und sie konnte sich entspannen. Auch die pünktliche Einnahme der Tabletten zeigte ihre Wirkung. Die Schmerzen wurden weniger, bis sie ganz weg waren. Ich atmete erleichtert auf. Jetzt gab ich ihr jeden Tag etwas weniger von den Tabletten, bis sie keine mehr brauchte.

Nun stand Mutti jeden Morgen wieder alleine auf. Wusch sich und zog sich an. Ich merkte, dass Mutti besonders am Morgen oft sehr schwindelig und taumelig war. Deshalb wollten wir gerne, dass sie mit ihrem Gehwagen lief. Das mochte sie aber gar nicht, es war ihr lästig immer dieses Ding, wie sie es nannte, vor sich her zu schieben. Sie meinte, sie könnte doch noch sehr gut alleine laufen, schließlich würde sie zu Hause noch ihren ganzen Haushalt alleine machen, behauptete sie. Sie fragte auch immer ganz besorgt, „ meine Wohnung habe ich doch noch?"

„ Natürlich!" sagten wir, obwohl es ganz schön kostspielig war, aber wir trauten uns im Moment nicht, ihre Wohnung aufzugeben.

Ich versuchte trotzdem ihr anzugewöhnen, dass sie mit dem Gehwagen lief und drückte ihn ihr immer wieder in die Hand. Sie nahm ihn auch ohne weiteres, doch nach ein paar Schritten ließ sie ihn wieder stehen. Als Werner eines Abends nach Hause kam und sie ihm ohne ihren Gehwagen entgegenkam, sagte er freundlich, „ Mutti, wo ist dein Wagen?"

„ Den brauche ich nicht, ich kann so laufen!" sagte sie lächelnd.

Sie war immer sehr, sehr freundlich, passte sich uns ganz an, war mit allem zufrieden, meckerte überhaupt nicht, sie war die allerliebste, beste Mutti. Alle mochten sie gerne, deshalb waren wir auch so besorgt um sie.

Nur mit dem Wagen kamen wir nicht zurecht. Mutti lebte ganz in der Vergangenheit, alles was neu war, hatte sie nach kurzer Zeit vergessen.

Als wir sie einmal fragten, „ was ist, wenn du hinfällst?"

„ Dann müsst ihr mich wieder aufheben!" meinte sie ganz unbekümmert und lächelte uns an.

Ich war schockiert, wie sie das so einfach dahin sagte. Ja, mich machte diese Antwort innerlich richtig wütend. Sie sah einfach nicht die Gefahr, der sie sich aussetzte.

„ Mutti, wenn du fällst kann alles Mögliche passieren! Du kannst dir was brechen!" gab ich ihr zu bedenken.

„ Nein, fallen will ich nicht! " sagte sie und sah uns mit ihren blauen Augen ganz lieb an.

Mit der Zeit wurde es mir einfach zuviel, sie immer zu ermahnen, dieses ewige Aufpassen war ganz schön anstrengend. Ich konnte ja auch nicht jede Minute bei ihr sein.

Auch für sie muss es schlimm sein, immer ermahnt zu werden. Wir sahen das Ganze ein wenig lockerer.

Nach dem Frühstück saß Mutti meistens eine ganze Weile in dem Korbstuhl, den ich ans Wohnzimmerfenster für sie gestellt hatte, damit sie in den Garten sehen konnte. Jetzt im Frühling, die ersten Blumen waren schon voll erblüht und die Forsythie, die man vom Fenster so gut sehen konnte, zeigte ihre ganze Pracht.

Neben der Forsythie stand ein Strauch, der im Moment noch recht kahl war da er erst im Sommer blühte. Immer und immer wieder fragte Mutti nach dem Strauch, ob der auch blüht. Es war ziemlich nervig, immer die gleiche Frage zu beantworten. Trotzdem antwortete ich jedes Mal freundlich. Sie konnte ja nichts dafür, dass sie alles vergaß. Doch einmal wurde ich etwas ungeduldig. Als sie mich wieder eines morgens nach dem Strauch fragte, ob er im Sommer blüht und ich wusste, das geht jetzt so weiter, sagte ich zwar freundlich, aber bestimmt, „ ja Mutti zum dritten Mal! „

Ganz verstört sah sie mich an. Sie war es nicht gewohnt, von mir unfreundlich behandelt zu werden. Ich war immer geduldig mit ihr, aber heute ging mir die Fragerei voll auf den Wecker. Schnell erklärte ich Mutti, dass sie mir schon öfters die Frage gestellt hatte. Danach fragte Mutti nicht mehr nach dem Strauch. Mir tat es nachher sehr, sehr leid, dass ich so unbedacht und ein wenig grob zu ihr war. Ich bemühte mich wieder geduldig zu sein und sie ein wenig zu verwöhnen.

Viele Getränke, frisches Obst und alles was Mutti gerne mochte, brachte ich zu ihr an ihren schönen Fensterplatz. Mutti strahlte mich dann immer freudig an und sagte, „ du verwöhnst mich ja so.“

„Das tu ich gerne,“ sagte ich und umarmte sie.

Ich mochte ihre nette und immer freundliche Art sehr. Wir hatten sie alle von Herzen lieb und wollten, dass sie noch lange gesund bei uns blieb. Sie hatte in ihrem Leben schon so viele schlimme Erlebnisse und Schicksalsschläge hinnehmen müssen, jetzt sollte sie es einmal gut haben.

Ihre Mutter, meine Oma starb, als Mutti erst sechs Jahre alt war. Mutti hatte damals noch drei, nicht viel ältere Schwestern und einen vierjährigen Bruder. Mein Opa heiratete zwar später wieder, aber diese Frau konnte ihr und ihren Geschwistern die Mutter nicht ersetzen. Es folgten viele entbehrungsreiche Jahre, in denen die Kinder alle sehr früh hart arbeiten mussten.

Als Mutti verheiratet war, kamen für sie wieder sehr traurige Zeiten, die sie nie vergaß und die sie immer, ihr ganzes Leben lang begleiteten.

Zwei meiner kleinen Brüder, die ich nie kennen gelernt habe, da ich und meine Zwillingsschwester einige Jahre später geboren sind, starben sehr früh. Mein jüngerer, dritter Bruder starb als er noch ein sehr kleines Baby war an einer Lungenentzündung. Er wurde gerade mal sechs Wochen alt.

Ein Jahr vorher hatten meine Eltern schon unseren ältesten Bruder beerdigen müssen. Er starb mit fast zwei Jahren. Die Krankheit, an der er starb, war damals noch nicht erforscht. Für Mutti jedoch starb er an Heimweh. Sie musste ihn wegen seiner Darmstörungen für ein paar Tage ins Krankenhaus bringen. Als Mutti ihn der Schwester übergeben wollte, klammerte er sich mit aller Macht an sie und sagte in seiner kindlichen Sprache, während er jämmerlich weinte, „bei Mutti bleiben!"

Damals war es noch nicht möglich über Nacht bei dem Kind im Krankenhaus zu bleiben. Zu Hause wartete zudem mein zweiter Bruder, der erst sechs Monate alt war, auf sie. Schweren Herzens musste Mutti sich von ihrem kranken Kind losreißen und gehen. Am nächsten Morgen kam sie nichts Schlimmes ahnend, schließlich war der Kleine doch am Vortag noch so munter gewesen ins Krankenhaus und konnte nur noch ihr Kind, das in der Nacht verstorben war, in den Armen halten!

Ja, auch ich bereitete meinen Eltern große Sorgen! Auch mein Leben hing, als ich sechs Jahre alt war, an einem seidenen Faden. Ich erkrankte sehr schwer.

Es war an einem Sonntagnachmittag. Die Sonne schien schon den ganzen Tag von einem blassblauen Himmel. Für die Jahreszeit, in der man eigentlich strenge Kälte und Schnee vermutet, war es angenehm warm.

Vati war, da das Wetter halt so schön war zum Fußballplatz gegangen. Mutti saß mit einer Näharbeit in der Küche. Sie hatte uns kleine Hüte genäht und war nun dabei die Hüte mit kleinen Blümchen zu verzieren. Während meine Schwester und ich ungeduldig neben ihr lehnten, wir brannten darauf die neuen Hüte aufzusetzen, um sie unseren Freundinnen vorzuführen, schwang sie fleißig ihre Sticknadel.

Endlich war sie fertig! Eilig setzten wir uns die Hütchen auf den Kopf. Sie sahen sehr hübsch aus. Stolz liefen wir davon.

Wie es geschah weiß ich nicht! Wahrscheinlich im Eifer hatte ich beim Laufen, unsere Freundinnen warteten schon auf uns, eine Teppichstange, die sich hinter unserem Haus auf einer Rasenfläche befand, übersehen und war mit voller Wucht davor gerannt. Durch den Aufprall fiel ich zurück und landete auf dem Po. An meiner Stirn machte sich eine dicke Beule breit.

In der Nacht bekam ich starkes Bauchweh. Mutti holte mich zu sich ins Bett. Die Schmerzen wurden schlimmer. Ich wurde in die Küche an den warmen Grudeherd gesetzt. Einen Grudeherd kennt man heute nicht mehr. Er war sehr groß, für unsere damalige sehr kleine Küche eher ein richtiges Ungetüm, aber er war sehr praktisch. Er heizte nicht nur unsere Küche, sondern man konnte in ihm auch backen, Speisen warm halten und man hatte immer heißes Wasser vorrätig.

Während ich am Herd saß kochte Mutti mir bitteren Tee aber auch der brachte keine Besserung. Ich krümmte mich vor Schmerzen.

Schließlich stand Vati auf und fuhr mit seinem Fahrrad zu unserem Arzt. Der Arzt kam mit seinem Auto und brachte mich ins Krankenhaus. Mutti und Vati kamen natürlich mit.

Ich erinnere mich an sehr, sehr lange, dunkle Kellerflure, die in der Nacht nur äußerst spärlich beleuchtet waren. Sicher, auf Vatis Armen, wurde ich dort entlang getragen.

Ich erinnere mich an Ritas Geburtstag, es war der zweite Februar. Sie war unsere Freundin und wohnte im Nachbarhaus. Während ich in unserem Wohnzimmer auf dem Sofa saß und mich vor Schmerzen krümmte, durfte meine Schwester zu ihr gehen. Man hatte mich aus dem Krankenhaus entlassen mit der Begründung, dass ich albern wäre.

Als ich am Nachmittag auf unserer Couch saß und vor Schmerzen die Augen verdrehte, holte Vati wieder sein Fahrrad aus dem Keller, um wieder den Arzt zu holen. Ich kam in ein anderes Krankenhaus. Aber auch hier konnte keiner etwas feststellen. Aufgrund der Beule am Kopf tippte man auf eine Gehirnerschütterung.

Es ging mir immer schlechter. Meine Eltern waren in großer Sorge!

Wieder ein Kind verlieren!

Als Mutti nicht mehr ein noch aus wusste, nahm sie ein Unterhemd von mir und ging damit zu einer Ärztin, die auch heilende Kräfte besaß. Nachdem Mutti ihr mein Unterhemd gereicht hatte und ihr meine Beschwerden beschrieben hatte, blickte sie

Mutti sehr mitfühlend an während sie ihr erklärte,
„ ihre Tochter leidet an einem Darmverschluss!"

Inzwischen war schon fast eine Woche vergangen.
Ich wurde notoperiert.
Ich erinnere mich an einen quälenden Durst, mein
Mund war völlig ausgetrocknet. Immer wieder
zeigte ich mit dem Finger von meinem Bett aus
auf einen Wasserhahn und sagt mit matter Stimme,
„ Kran!"
Mutti aber, die schon seit einer Woche Tag und
Nacht an meinem Bett saß, schüttelte den Kopf, sie
durfte mir nichts geben.
Es ging mir sehr, sehr schlecht! Viel zu viel Zeit
war schon vergangen.
Während Mutti, durch den immensen Mangel an
Schlaf schon völlig am Ende ihrer Kräfte an
meinem Bett saß und um mein Leben bangte,
musste sie mit ansehen, wie in dem gleichen
Raum, es war ein Badezimmer, eine Mutter sich
bitterlich weinend und schluchzend über ein
kleines Bett beugte. Ihre kleine Tochter war
soeben verstorben.
Zu der Zeit gab es weder Intensivstationen noch
Infusionen. Schwerkranke, bei denen es wenig
Hoffnung auf Besserung gab, wurden in ein
Badezimmer geschoben.
Alle zwei Stunden bekam ich eine Aufbauspritze.
Mutti sehnte voller Sorge immer die Zeit heran, wo
die Schwester mit einer neuen Spritze zur Tür
hereinkam, denn nach jeder Spritze schöpfte sie
neue Hoffnung, mein Herz schlug danach etwas
kräftiger.
Viele Wochen verbrachte ich im Krankenhaus. Als
es mir besser ging kam ich in ein Zimmer in dem

mehrere Kinder lagen. Auch daran erinnere ich mich noch genau. Oft wurde ich in den Keller gefahren. Dort musste ich einen ekelhaften weißen Brei trinken damit man mich röntgen konnte, um festzustellen, ob der Darm wieder in Ordnung war. Nach der Operation hatte ich sehr lange einen künstlichen Darmausgang. Laufend verrutschte der Schlauch, der in meinem Bauch war. Dann lief der Kot über die Bauchdecke und verätzte sie. Lange Jahre danach war meine Haut am Bauch noch braun. Noch ein paar andere sehr große Narben trug ich davon. Die Spritzen die ich alle zwei Stunden in den Oberschenkel bekam waren nicht keimfrei gewesen. An zwei Stellen bekam ich Entzündungen, die sich immer vergrößerten. Es gab noch keine Antibiotika. Ich musste erneut operiert werden, dabei mussten alle entzündlichen Stellen an meinem Oberschenkel großzügig herausgeschnitten werden.

Mutti und Vati waren entsetzt als der Verband endlich von meinem Bein gelöst wurde und sie die großen Löcher in meinem Oberschenkel sahen. Aber, sie waren viel zu glücklich und dankbar, dass ich diese schwere Krankheit überwunden hatte.

Als der Darm wieder frei war und mein Bauch zugeheilt war durfte ich endlich wieder nach Hause. Ich hatte ein viertel Jahr im Krankenhaus gelegen.

Als meine Schwester und ich noch nicht geboren waren brach der Krieg aus. Er brachte viele entbehrungsreiche Jahre mit sich.
Vati wurde nach Russland, an die Front geschickt. Während dieser Zeit musste Mutti alleine für sich,

für unseren Bruder und uns zwei, noch sehr kleinen Kindern sorgen. Da es in der Stadt wegen der vielen Bombenangriffen zu gefährlich war, holte Muttis älteste Schwerster uns zu sich in das kleine, romantische Dorf in Hessen. Dort war es wesentlich ruhiger als in der Stadt. Unsere Unterkunft in dem Dorf war sehr ärmlich. Wir wohnten in einem alten Kalkwerk, das unserem Onkel, der auch im Krieg war, gehörte. Zeitweise stellte uns auch ein Bauer aus dem Dorf ein Zimmer zur Verfügung.

Für uns Kinder war es dort herrlich. Den ganzen Tag konnten wir uns in den Sommermonaten draußen aufhalten. Liefen den Enten und Gänsen hinterher, die sich schnatternd an dem Bach tummelten, der sich durch das ganze Dorf schlängelte. Spielten mit den kleinen Kätzchen, liefen in den Stall zu den Kühen und Schweinen und fütterten die Hühner.

Hier hatten wir auch, durch die Großzügigkeit der Bauern, für die Mutti Näharbeiten verrichtete, genug zu essen.

Die Zeit der knappen Lebensmittel und der Hungersnöte fingen erst später, nach dem Krieg an. Vati kam halb verhungert aus der Gefangenschaft zurück. Als er sich einigermaßen erholt hatte fuhren wir mit Sack und Pack wieder nach Hause. Wie ich mich noch heute sehr lebhaft erinnere, ich war damals vier Jahren alt, begann die Fahrt auf einem alten Lastwagen, den man auf der offenen Ladefläche mit ein paar Bänken ausstaffiert hatte. Der Lastwagen gehörte unserem Onkel, der zu der Zeit noch in russischer Gefangenschaft war. Das letzte Stück der Fahrt konnten wir mit der Eisenbahn zurücklegen.

Als wir in Bielefeld ankamen war es schon stockdunkel, nicht eine Laterne warf ihr Licht auf das holprige Pflaster. Unsere Eltern hatten nur ausnahmsweise die Erlaubnis bekommen, mit uns Kindern nach Hause zu gehen. Ja, wir mussten laufen, es fuhr keine Straßenbahn mehr.

Unsere Tante hatte uns, da es ja nicht viel gab, einige Lebensmittel mitgegeben. Auch wir Kinder mussten alle etwas tragen. Ich bekam eine Schüssel mit Bohnen in die Hand gedrückt. Das erste Mal, als ich fiel, landeten die Bohnen auf der Straße und wurden notdürftig wieder aufgesucht. Beim zweiten Sturz fiel ich mit den Bohnen in einen Bombentrichter. Mir ist nicht viel passiert, aber die Bohnen waren nun endgültig verloren. Der Weg vom Bahnhof bis zu unserer Wohnung war weit und sicher waren wir Kinder alle übermüdet.

Ich entsinne mich an Sonntage, an denen unsere Eltern mit uns mit dem Fahrrad, eine saß auf dem Gepäckträger meines Vaters und eine auf dem Gepäckträger unserer Mutter, aufs Land fuhren. Wir wurden zu den Bauern geschickt, um nach etwas Essbaren zu fragen. Das mochten wir gar nicht gerne. Oder wir gingen mit dem Henkelmann, wie das Gefäß genannt wurde, in die Schule, wo es hin und wieder Nahrung für die Kinder gab. Sonst lebten wir von dem Obst und Gemüse, das unsere Eltern im Schrebergarten während der Sommermonate anbauten. In der Nähe unserer Wohnung gab es noch den so genannten Hühnerstall. Er stand in einem kleine Garten mit ein paar Blumenbeeten und mit einem Stall für die Hühner, den unser Vater selbst gebaut hatte. Jeden Tag durften wir Kinder die frisch gelegten Eier aus den

Nestern der Hühner, die sich im Stall befanden, holen.

Besonders hart war es in den Wintermonaten. Es gab keine Kohlen, mit denen damals die Öfen geheizt wurden. Wir wohnten etwa hundert Meter entfernt von den Gleisen der Eisenbahn. Manchmal blieb ein voll beladener Zug mit Kohlen auf der Eisenbahnbrücke stehen. Dann ging es wie ein Lauffeuer durch unsere Straße. „ Es ist Plan!"
Eiligst wurden die Handwagen aus dem Keller geholt und im Laufschritt ging es zum Bahndamm. Vati nahm unseren Bruder mit. Während Vati oben auf dem Bahndamm auf den Waggon kletterte, wartete unser Bruder unten darauf dass Vati die Kohlen herunter warf, damit er sie einsammeln konnte. Rabenschwarz kamen beide wieder nach Hause, aber für ein paar Wochen hatte man wieder eine warme Stube.

Vati hatte zwar Arbeit, aber der Verdienst war nur sehr gering und reichte vorne und hinten nicht.
Mutti verdiente sich ein wenig Geld indem sie Näharbeiten machte, die Vati ihr mitbrachte. Die Nähmaschine lief oft bis spät in die Nacht. Wenn wir abends im Wohnzimmer auf der Ausziehcouch und unser Bruder ebenfalls im Wohnzimmer in einem ausgeklappten Schrankbett lagen, hörten wir beim einschlafen das Rattern der Nähmaschine. Es störte uns nicht, es war das Geräusch unserer Kindheit.

Jetzt in ihrem hohen Alter sollte Mutti es noch gut haben und lange bei uns bleiben. Gerne saß sie auch in der Couch, aber dort kam sie alleine schlecht hoch und ich hatte Angst, dass sie fallen könnte, wenn ich nicht im Zimmer war und sie aufstand. Deshalb gewöhnte ich ihr an, sich in den Korbstuhl zu setzten, da war das Aufstehen kein Problem für sie und sie konnte noch viel besser in den Garten sehen.

Auch das ins Bett gehen musste ich ihr wieder neu beibringen. Sie hatte sich im Krankenhaus angewöhnt zuerst mit dem Knie ins Bett zu steigen, da das Bett dort viel zu hoch für sie war. Sie konnte sich nicht mit dem Po reinsetzen. Wir hatten die Schwester öfter bei unseren Besuchen bei ihr gebeten, das Bett auszutauschen, da es sich nicht tiefer stellen ließ. Anscheinend war kein anderes Bett frei. Nun stieg sie auch hier noch so ins Bett. Wir hatten festgestellt, dass sie dadurch manchmal abrutschte und vor dem Bett landete.

Ein anderes Problem war für mich, dass ich mich mit Mutti nicht mehr richtig unterhalten konnte. Es war nicht möglich ein Gespräch mit ihr zu führen.

Oft gab ich ihr auch ein Buch zum lesen. Lesen war immer ihre Lieblingsbeschäftigung gewesen, wenn sie mal Zeit dazu hatte. Nun hatte sie Zeit, aber sie konnte sich nicht mehr richtig auf das Buch konzentrieren. Sie fing immer wieder von vorne an zu lesen.

In der ersten Zeit, als Mutti bei uns war, traute ich mich kaum aus dem Haus. Hatte ich etwas zu besorgen, kam unsere Schwiegertochter oder auch unser Sohn vorbei. Sie blieben bei ihr, bis ich wieder zurück war. Nachdem Muttis Rücken aber wieder ganz schmerzfrei war und ich die Tabletten abgesetzt hatte, konnte ich sie ohne weiteres zwei Stunden alleine lassen. Ich war jedes Mal froh, wenn ich sie beim Wiederkommen wohlbehalten am Fenster sitzen sah.

Wir hatten auch schon ein paar Ausflüge mit Mutti gemacht. Unsere Schwiegertochter hatte uns von ihren Verwandten einen Rollstuhl besorgt, so konnten wir mit ihr längere Spaziergänge unternehmen. Täglich ging ich auch mit ihr in der Nähe unseres Hauses ohne Rollstuhl spazieren.

Besonders freute Mutti sich immer, wenn Melanie, ihre Urenkelin, bei uns war und uns bei den Spaziergängen begleitete. Dann gingen wir bis zum Spielplatz. Dort konnte Mutti sich auf eine Bank setzen, während Melanie im Sand buddelte. Melanie war oft bei uns, das war für Mutti eine wunderbare Abwechslung.

Es war Ende Mai. Endlich war das Wetter schön. Die Sonne strahlte von einem wolkenlosen, blauen Himmel und es war sommerlich warm. Heute, ein Feiertag, wollten wir mit Mutti einen Ausflug an das Steinhuder Meer machen. Vorher wollten unsere Kinder noch kurz bei uns vorbeikommen.

Mutti hatte schon eine ganze Weile im Garten in der Sonne gesessen. Als ich mit meinem Haushalt soweit fertig war, holte ich sie rein, um sie umzuziehen. Sie war noch viel zu dick für das warme Wetter angezogen.

Gerade in dem Moment, als Mutti umgezogen war, ging die Terrassentür auf und unser Sohn kam mit seiner Familie herein. Als ich Mutti beim Umziehen geholfen hatte, hatte ich bemerkt, dass sie ein wenig taumelig war. Deshalb zog ich schnell den Gehwagen herbei und drückte ihn ihr in die Hände, damit sie sich festhalten konnte.

Beim Begrüßen standen wir alle um Mutti herum. Doch plötzlich, aus heiterem Himmel, wie vom Blitz getroffen fiel sie um.

Der Länge nach fiel sie auf den Boden und stieß dabei mit dem Kopf ein wenig an die Tür.

Es kam so plötzlich, erschrocken und wie erstarrt standen wir alle einen kurzen Moment da. Dann lief ich schnell zum Sofa, griff ein Kissen und legte es Mutti unter den Kopf.

Auch sie war sehr erschrocken und ein wenig durcheinander.

Auf unsere Frage, ob sie Schmerzen am Kopf, am Rücken, oder an den Beinen hatte, sagte sie, „nein!"

Trotzdem tastete Werner ihre Beine ab und untersuchte sie von oben bis unten. Alles schien in Ordnung zu sein.

Da es war warm, ließen wir Mutti noch ein wenig auf dem Boden liegen, damit sie sich von dem Schreck erholen konnte.

Es war doch erst ein paar Tage her gewesen, dass wir mit Mutti darüber gesprochen hatten, was passieren könnte, wenn sie fallen würde. Lange hatten Werner und ich uns noch abends, als Mutti schon im Bett lag darüber unterhalten, wie leicht Mutti gesagt hatte, „dann hebt ihr mich wieder auf!"

„ Irgendwann passiert was!" hatte ich noch zu Werner gesagt, ich hatte so ein ungutes Gefühl.

Nun hat sie aber an ihrem Gehwagen gestanden und ist trotzdem umgefallen. Ich machte mir bittere Vorwürfe, denn ich hatte ja bemerkt, dass sie taumelig war.

„ Wieso habe ich sie nicht gleich in ihren Stuhl gesetzt, der ja auch im Wohnzimmer stand!"

An diesem Morgen war ich ziemlich angespannt und nervös, weil es schon so spät war und wir wegwollten.

Nachdem der erste Schreck überwunden war und wir uns alle etwas erholt hatten, halfen Werner und unser Sohn Mutti wieder auf die Beine und setzten sie in den Sessel. Es tat ihr nichts weh!

Erleichtert atmete ich tief durch. „Noch mal gut gegangen!"

Wir beschlossen, unseren Ausflug nun zwar etwas verspätet aber doch noch zu machen. Wir hatten uns so darauf gefreut. Besonders ich war froh, endlich mal aus dem Haus raus zu kommen.

Werner untersuchte noch mal Muttis Beine.

„Alles in Ordnung," sagte er, „wir können gehen."

Ich ging mit Mutti noch schnell auf die Toilette. Sie war ein wenig steif, das kam bestimmt von dem Schreck, glaubte ich. Als sie von der Toilette aufstehen wollte, kam sie kaum hoch und als sie zur Tür laufen wollte ging plötzlich gar nichts mehr.

Besorgt fragte ich sie, „ was ist?"

„ Ich kann meine Beine nicht mehr bewegen," klagte Mutti.

„Versuch es noch mal," bat ich sie, „ du bist vielleicht ein bisschen steif vom Fallen."

Aber es ging nicht.

Werner war schon zum Parkplatz gelaufen wo unser Auto stand. Die Terrassentür war weit auf und ich rief ganz laut, „Werner komm, Mutti kann nicht laufen!"

Ich konnte Mutti ja nicht alleine stehen lassen, ich musste sie stützen.

Werner kam eilig zurück. Wir setzten sie wieder in ihren Sessel und fragten , „ tut dir was weh?"

„ Nein," antwortete Mutti ganz verstört.

„Am besten wir fahren ins Krankenhaus und lassen Mutti untersuchen" schlug Werner vor.

Wir riefen den Notdienst an, der nach kurzer Zeit eintraf. Mutti wurde von dem Arzt erst einmal gründlich untersucht, aber auch er konnte nichts feststellen. Er riet uns, Mutti vorsichtshalber im Krankenhaus röntgen zu lassen. Anstatt zum Steinhuder Meer ging die Fahrt nun ins Krankenhaus.

Beim Röntgen wurde festgestellt, dass Mutti sich den Beckenring gebrochen hatte. Bis jetzt hatte sie alles ganz ruhig über sich ergehen lassen, als jedoch der Arzt sagte, dass sie im Krankenhaus bleiben müsste wurde sie ganz verstört. Sie zitterte am ganzen Körper vor Angst und Aufregung.

Beruhigend sprach ich auf sie ein.

„ Du brauchst keine Angst haben, du musst nur zwei Wochen ruhig im Bett liegen. Zum Glück geht das ohne Operation!"

Mutti war aber von der Aufregung völlig durcheinander und begriff nichts.

Als eine Schwester sie aufs Zimmer schob, war es schon später Nachmittag. Für heute kam sie erst mal in ein Notzimmer, das auf einer anderen Station war. Alle Betten waren belegt.

Ich musste der Schwester ein paar Fragen beantworten. Da Mutti nicht aufstehen durfte, bekam sie eine Klingel in die Hand gedrückt, falls sie auf die Toilette musste. Die Schwester zeigte Mutti, wie die Klingel bedient wurde.

Ich wusste, dass Mutti nicht klingeln würde, sondern aufstand, wenn sie das Bedürfnis hatte, auf die Toilette gehen zu müssen. Deshalb besprach ich mit der Schwester, dass unbedingt ein Gitter an Muttis Bett angebracht werden müsste.

„Meine Mutter leidet an großer Vergesslichkeit!"
erklärte ich ihr. Sie versprach, das Gitter an Muttis
Bett anbringen zu lassen.
Oh je, dachte ich mit bangem Herzen, wie wohl die
Nacht verlaufen wird? Mindesten drei, oder auch
vier Mal in der Nacht stand Mutti auf.
„Ob sie schellen wird?"
Wir blieben noch einige Zeit bei ihr, versuchten sie
zu beruhigen und versprachen, bevor wir gingen,
am Abend noch einmal vorbeizukommen.

Die Aufregung war auch an mir nicht spurlos
vorbeigegangen. Ich war fix und fertig. Mein leerer
Magen machte sich extrem bemerkbar und der
angegriffene Nerv in meiner Wange klopfte heftig.
Genau das, was wir befürchtet hatten, war nun
eingetreten.
Mutti traf aber keine Schuld!

Zu Hause aßen wir eine Kleinigkeit und versuchten
uns zu entspannen. Dann packte ich einige
Nachthemden und Toilettenartikel für Mutti
zusammen und wir fuhren noch mal zum
Krankenhaus, das nicht weit von uns entfernt war.
Mutti hatte sich etwas beruhigt, wusste aber
absolut nicht, wo sie war und warum sie hier war.
Wir versuchten es ihr immer wieder zu erklären,
aber sie vergaß es sofort, es blieb einfach nicht in
ihrem Gedächtnis haften.
Ein junges Mädchen, das in der Nacht am
Blinddarm operiert war lag mit in Muttis Zimmer.
Sie schaute ganz schüchtern zu uns rüber.
Inzwischen war der Abend schon fortgeschritten,
es war Zeit zu gehen. Ich erklärte Mutti noch
einige Male eindringlich die Klingel und bat sie,

unbedingt zu schellen und nicht alleine aufzustehen!

Ob sie es sich merken würde?

Ich hatte so meine Zweifel.

Zu Hause legte ich mich gleich auf die Couch und
schlief ein, ohne etwas gegessen zu haben.

Am nächsten Morgen machte ich mich gleich auf
den Weg ins Krankenhaus. Ich musste knapp eine
halbe Stunde zu Fuß laufen.

Unsere Schwiegertochter und Melanie, denen wir
noch am Abend berichtet hatten, was passiert war,
waren auch schon da.

Mutti wusste immer noch nicht, was los war.
Immer wieder fragte sie mich und sah mich bittend
an, „ Nimmst du mich gleich wieder mit?"

„ Aber Mutti, ich kann dich nicht mitnehmen, du
hast dir den Beckenring gebrochen! Es geht nicht
anders, du musst ein paar Tage hier bleiben!"

Sie starrte mich ganz entsetzt an und fragte, „ wann
habe ich das denn gemach?"

Ich erklärte es ihr, aber Mutti vergaß es sofort
wieder. Sie bettelte weiter, „kannst du mich mitnehmen?"

Wie ich befürchtet hatte, hatte Mutti in der Nacht
auch nicht geschellt. Sie war sehr unruhig
gewesen, und das junge Mädchen hatte die Klingel
für sie gedrückt.

Ich war erleichtert, dass die Nacht gut verlaufen
war und bedankte mich bei dem Mädchen für ihre
Hilfe. Sie war sehr nett und versprach weiterhin
auf Mutti aufzupassen.

Am Nachmittag war ich wieder bei Mutti. Sie
wollte wieder mit nach Hause.

„ Mutti, es tut mit leid, aber das geht nicht."
Wieder erklärte ich ihr die Situation. Doch sie begriff es nicht.
Jedes Mal, wenn ich bei Ihr war, versuchte ich aufs Neue ihr die Klingel zu zeigen und wie sie die Klingel betätigen musste.
„Mutti, wenn du auf die Toilette musst, darfst du nicht aufstehen, dann musst du klingeln!"
Ich zeigte ihr, welchen Knopf sie drücken musste.
„Kann ich denn nicht laufen?" fragte sie mich erstaunt.
„Nein, Mutti, im Moment darfst du nicht laufen."
Ich erzählte ihr wieder, was geschehen war.
„ Gut!" sagte sie, „ ich schelle dann."
Nach fünf Minuten fragte ich sie, „ Mutti, was machst du, wenn du aufs Klo musst?"
„Dann stehe ich auf!" kam prompt die Antwort.
„Aber Mutti, das geht doch nicht!"
Wieder erklärte ich ihr alles, doch nach kurzer Zeit hatte sie es wieder vergessen.
Zum Glück hatte sie kaum Schmerzen, nur wenn sie auf die Schüssel musste, oder wenn sie im Bett saß tat ihr der Rücken weh.

Der nächste Tag war ein Samstag.
Werner hatte Zeit und deshalb gingen wir beide schon am Morgen gleich nach dem Frühstück zu Mutti.
Als ich ihr einen Begrüßungskuss geben wollte, sah ich, dass ihre Oberlippe ganz geschwollen war.
„ Wieso ist deine Lippe so dick?" fragte ich sie besorgt.
Mutti schüttelte den Kopf, „ das weiß ich nicht!"
Unsere Schwiegertochter, die auch schnell mal nach Omi schauen wollte, kam zur Tür rein.

„Schau doch mal wie Omi aussieht" sagte ich zur ihr.

„Ob das wohl von den Schmerztabletten kommt?" rätselten wir!"

Merkwürdig, wir konnten uns das nicht erklären.

Die Tür ging auf und das junge Mädchen kam ins Zimmer. Es ging ihr schon erheblich besser, sodass sie nicht immer im Bett liegen musste. Als sie unsere besorgten Blicke sah, berichtete sie uns was geschehen war.

„ Ihre Mutter ist gestern Abend, so gegen zehn Uhr, aus dem Bett gefallen! Ich war gerade nicht im Zimmer. Bevor ich das Zimmer verließ, habe ich öfters die Schwester gebeten, das Gitter an dem Bett ihrer Mutter anzubringen. Ja, ja, bekam ich immer zur Antwort, wir machen das schon gleich!"

„Ich musste dann auf die Toilette und habe mich noch ein bisschen im Flur aufgehalten. Als ich wieder ins Zimmer komme liegt ihre Mutter auf dem Boden. Alles war voller Kot! Es hat ganz fürchterlich im Zimmer gerochen!"

Entsetzt sahen wir sie an. Mir lief es kalt den Rücken runter, als ich mir bildhaft vorstellte, was passiert war und wie schrecklich es für Mutti sein musste, in ihrem eigenen Kot auf der bloßen Erde zu liegen und keine Hilfe holen zu können, da sie ja nicht aufstehen konnte. Sie musste auf die Toilette, hatte natürlich nicht geschellt und wollte aufstehen!

Das junge Mädchen berichtete weiter.

„Ich habe sofort Alarm geschlagen und nach der Schwester gerufen.

Schnell, schnell, Frau Behrens liegt auf dem Boden!"

Dann sind alle angerannt gekommen, haben alles sauber gemacht und ihre Mutter wieder ins Bett gelegt. Das ganze Zimmer war voller Gestank! Selbst nach dem Lüften hat es noch ekelhaft gerochen! Ich konnte es nicht aushalten und habe deshalb in einem anderen Zimmer die Nacht verbracht."

Äußerst empört sahen wir uns an, es verschlug uns erst mal die Sprache.

„Meine Güte!" sagte Werner, „ was hätte da alles passieren können!"

Wütend ging er zur Tür. „ Denen werde ich mal gehörig den Marsch blasen!"

Mutti lag zwar wohlbehalten im Bett, außer der dicken Lippe hatte sie vermutlich keine anderen Verletzungen abbekommen!

Sie schaute uns fragend an, wusste nicht im geringsten was geschehen war und warum wir so aufgeregt waren!

Konnte ich denn jetzt noch beruhigt nach Hause gehen?

Ich hatte doch glatt geglaubt, im Krankenhaus ist sie in sicheren Händen!

Ich selber hatte die letzte Nacht seit Wochen das erste Mal wieder ruhig und entspannt geschlafen. Als Mutti bei uns war, habe ich immer mit halbem Ohr schlafend im Bett gelegen. Sobald ich wach wurde, lauschte ich, ob unten alles ruhig war. Einschlafen konnte ich erst wieder, wenn ich aufgestanden war, um mich zu vergewissern, dass Mutti im Bett lag und schlief.

Als ich heute Morgen aufwachte, hatte ich noch gedacht, „jetzt hast du ein bisschen Ruhe und der Nerv in der Wange kann sich beruhigen."

Werner kam mit der Oberschwester zur Tür rein.

Sie entschuldigte sich für das, was vorgefallen war, behauptete jedoch, das Gitter wäre am Bett gewesen.

„ Nein, das war es nicht!" sagte Werner vorwurfsvoll! „Fragen sie diese junge Dame!"

Das junge Mädchen nickte bestätigend.

„Als meine Mutter hier eingeliefert wurde habe ich bei der Aufnahme ausdrücklich darauf hingewiesen, dass ein Gitter am Bett notwendig ist!" gab ich zu bedenken. „Ich habe es sogar unterschrieben!"

Die Schwester entschuldigte sich ein zweites Mal und versprach, in Zukunft streng darauf zu achten.

„ Heute, nach dem Essen, wird ihre Mutter sowieso auf die richtige Station verlegt!" sagte sie und verließ das Zimmer.

Nachdem wir zu Hause Mittag gegessen hatten, fuhren wir am frühen Nachmittag wieder ins Krankenhaus.

Ich war schon sehr gespannt, mit wem Mutti nun auf der anderen Station das Zimmer teilen würde.

Bevor wir zu ihr gingen, führten wir erst mal ein Gespräch mit der Stationsschwester. Ich berichtete ihr was gestern vorgefallen war und dass ich mir große Sorgen um Mutti machte.

Die Schwester war sehr nett und beruhigte mich, „sie wollten schon gut auf sie aufpassen, erklärte sie freundlich."

„ Wir haben schon reichliche Erfahrungen mit Patienten die vergesslich sind.!" betonte sie.

Muttis Gesicht strahlte, als sie uns erblickte, als wir in das Zimmer traten.

Auf einem Stuhl, am Tisch vor dem Fenster saß eine sehr zierliche, ältere Dame, die gleich einen netten Eindruck auf uns machte. Nachdem wir Mutti begrüßt hatten, machten wir uns mit der Dame bekannt. Sie war sehr freundlich und sehr nett. Uns fiel gleich auf, dass ihre Hände stark verkrüppelte waren. Sie erzählte uns, dass sie schon seit sehr vielen Jahren von der Gicht geplagte wurde. Viele Wochen lag sie nun schon hier im Krankenhaus. Durch einen Sturz vom Toilettenstuhl, den die Schwester hier im Krankenhaus nicht festgestellt hatte, war sie so unglücklich gefallen, dass sie sich dabei den Arm gebrochen hatte. Der Bruch wollte nicht heilen.

Der Arm der Frau sah wirklich sehr schlimm aus. Die ganze Haut war entzündet. Sie hatte große Schmerzen und bekam starke Schmerzmittel. Trotz ihrer vielen Gebrechen war sie gut gelaunt und fröhlich.

Von ihr erfuhren wir auch, dass Mutti, damit sie im Bett ruhig lag und nachts nicht aufstehen musste einen Katheter in die Blase bekommen hatte.

Mutti begriff aber nicht dass sie nicht aufstehen sollte und warum sie einen Katheter hatte! Er störte sie, deshalb zog sie ihn kurzerhand wieder raus. Sie bekam einen neuen Katheder gelegt, aber auch das war nur von kurzer Dauer. Sie zog ihn glatt wieder heraus. Ebenso machte sie es mit dem Gerät, das über eine längere Zeit den Blutdruck messen sollte.. Sie baute es ab und versteckte es unter der Bettdecke.

Die Nacht war wieder sehr unruhig gewesen.

Ich fragte Mutti, ob sie Schmerzen hätte?

„Nein," sagte sie leise und schaute mich fragend an. Weshalb sie im Krankenhaus lag hatte sie wiederum vergessen.

Ich erklärte es ihr und gab ihr zu bedenken, dass sie nicht aufstehen durfte, damit der Bruch im Beckenring schnell heilen konnte.

„Wenn du auf die Toilette gehen willst musst du unbedingt schellen!" sagte ich bestimmt und in einem etwas strengeren Ton zu ihr und erklärte ihr die Klingel, die an einer schwarzen Schnur direkt neben ihr im Bett lag.

Interessiert sah sie zu und sagte erstaunt, „ da muss ich schellen?"

Mutti war ja so lieb in Ihrer Hilflosigkeit. Man konnte ihr auch nicht böse sein. Sie gab sich große Mühe uns alles recht zu machen, aber es gelang ihr nicht.

Am nächsten Morgen führte mein erster Weg gleich wieder ins Krankenhaus. Ich war sehr gespannt darauf zu erfahren, wie die vergangene Nacht verlaufen war.

Mutti lag wohlbehalten und ruhig im Bett. Erleichtert atmete ich auf. Wie vermutet, war sie in der Nacht wieder sehr unruhig gewesen und die nette Dame, deren Bett direkt neben Muttis Bett stand, hatte öfters für sie geschellt.

Unruhig wurde Mutti ja immer nur, wenn sie zur Toilette musste. Dann wollte sie mit aller Macht aufstehen. Sie brachte es sogar fertig, bis ans Ende des Bettes zu rutschen. Dort war ein kleiner Spalt zwischen dem Gitter und dem Bettgestell. Durch diesen Spalt wollte sie sich zwängen, um aufzustehen. Es wäre ihr auch sehr, sehr peinlich gewesen, wenn sie ins Bett gemacht hätte.

Wenn ich morgens oder am Nachmittag kam berichtete mir die ältere Dame in Muttis Zimmer immer von den Ereignissen der vergangenen Nacht. Sie war selber schwer krank und konnte nun durch Mutti nachts keine Ruhe finden. Trotzdem war sie immer sehr, sehr liebenswürdig und beklagte sich nie!

Wenn Mutti allerdings zu unruhig wurde, schoben die Schwestern sie kurzer Hand auf den Flur, damit die Nachtschwester sie mehr unter Kontrolle hatten.

Jeden Tag bedankte ich mich bei Muttis Bett-Nachbarin für ihre Hilfe, die man nicht als selbstverständlich hinnehmen konnte

Für mich war es eine große Beruhigung zu wissen, da ist jemand, der sich um sie kümmert.

Trotzdem bemühte ich mich weiterhin, Mutti die Bedienung der Klingel verständlich zu machen, in der Hoffnung, dass sie es sich doch einmal merken würde.

Hatte ich es ihr dann eingehend erklärt, fragte ich sie anschließend, „was machst du, wenn du aufs Klo musst?"

Prompt kam die Antwort, „ dann stehe ich auf!"

„Aber Mutti, du darfst nicht aufstehen!" erwiderte ich ein ganz klein wenig entrüstet.

Dann schauten mich ihre lieben, blauen Augen fragend an, „ warum nicht?"

Als Mutti ein paar Tage auf der neuen Station lag, beschlossen wir, mit dem Chefarzt ein Gespräch zu führen. Wir wollten wissen, wie lange Mutti im Krankenhaus bleiben musste.

Wir warteten die Visite ab und sprachen ihn dann an.

Er war sehr unfreundlich, aufgebracht sagte er zu uns, „solche Brüche gehören überhaupt nicht in die Klinik, das kann man auch zu Hause behandeln!"
Ob er nicht wusste, dass meine Mutter so vergesslich war? Wie sollte ich am Tag und vor allem nachts mit Ihr fertig werden? Schnell beendeten wir das Gespräch mit ihm und wandten uns an den Stationsarzt.
Der war richtig nett.
Von meiner Schwägerin hatte ich gehört, dass eine Bekannte, die den gleichen Bruch wie Mutti hatte, nach dem Krankenhausaufenthalt in ein Rehaklinik gekommen war. Anschließend konnte sie wieder gut laufen.
Mutti war früher öfters zur Kur gefahren. Sie war, als wir während des Krieges in dem baufälligen Kalkwerk meines Onkels wohnten, an starkem Gelenkrheuma erkrankt. In dem alten Kalkwerk waren wir nur sehr notdürftig untergebracht. Hier musste Mutti für sich und uns drei kleinen Kindern die viele Wäsche mit kaltem Wasser waschen.
Die Kuren hatten ihr immer gut gefallen, deshalb glaubte ich, dass es auch jetzt für Mutti das Richtige wäre, wenn sie in eine Rehaklinik kommen würde.
Ich erkundigte mich bei dem Stationsarzt danach. Wegen der Demenz, an der Mutti litt, konnte sie allerdings nicht in jeder Rehaklinik aufgenommen werden.
„Für diese Patienten gibt es eine besondere Klinik!" klärte mich der Stationsarzt auf. Nicht allzu weit von unserer Stadt entfernt gab es eine Klinik, die für diese Patienten in Frage kam.

„Dort wäre Ihre Mutter sehr gut aufgehoben!" meinte er freundlich.

Immer, wenn ich bei Mutti war und mir die nette Dame von den unruhigen Nächten erzählte, dachte ich mit Schrecken daran, wie es wird, wenn Mutti nicht in die Rehaklinik kommen konnte, wenn dort kein Platz für sie frei war. Sie konnte, seitdem sie sich den Bruch zugezogen hatte, noch nicht auf den Beinen stehen.

„Vor Unruhe werde ich dann kaum schlafen können, „ dachte ich besorgt. Solange sie hier im Krankenhaus war, hatte ich keine Verantwortung für sie.

Meine Schmerzen in der Wange hatten sich dadurch, dass ich jetzt entspannter war und gut schlief, sehr gebessert.

Zu meiner Schwester konnte Mutti auch nicht kommen. Sie hatte selber, bedingt durch einen schlimmen Bandscheibenvorfall, mit starken Rückenproblemen zu kämpfen.

Seit meine Schwägerin sich das Bein gebrochen hatte, konnte sie die Pflege ebenfalls nicht übernehmen.

Nach ein paar Tagen sprach ich den netten Stationsarzt noch mal auf die Rehaklinik an. Er hatte es vergessen, wollte sich aber jetzt darum bemühen.

„ Es wird schon klappen," meinte er freundlich.

Als er mir dann ein paar Tage später mitteilte, dass ein Platz frei war und Mutti gleich nach ihrer Entlassung dort aufgenommen werden könnte, war ich einerseits froh, aber mit jedem Tag, der, der Entlassung näher rückte, wurde ich unruhiger.

Mit dem Laufen ging es langsam besser. Obwohl Mutti dabei Schmerzen hatte, hatte sie in den letzten Tagen gute Fortschritte gemacht. Sie brauchte aber noch Hilfe, sie war noch sehr wackelig auf den Beinen und hatte besonders beim Aufstehen große Probleme.

Also würde auch in der Rehaklinik das alte Problem mit dem Klingeln wieder auf uns zukommen.

Ich konnte nicht davon ausgehen, dass es auch dort jemanden in ihrem Zimmer gab, der auf sie aufpasste und notfalls für Mutti klingeln würde.

Sehr besorgt sprach ich den Arzt darauf an.

„Auf solche Patienten wie ihre Mutter sind sie dort eingestellt, da brauchen Sie sich keine Sorgen machen!" beruhigte er mich.

Trotzdem wollten meine Sorgen nicht weichen.

Da Werner jetzt Urlaub hatte, beschlossen wir, uns die Klinik einmal näher anzusehen und fuhren hin.

Die Klinik lag direkt am Waldrand eingebettet in eine wunderschöne Landschaft. Die Gegend gefiel uns auf Anhieb.

Wir stellten unser Auto auf einen großen Parkplatz, der ganz in der Nähe der Klinik lag, durchquerten eine sehr schöne, parkähnliche Anlage mit vielen alten Bäumen und wunderbar voll erblühten Rhododendron und gelangten zum Eingang der Klinik. Beim betreten der großen Empfangshalle schauten wir uns erst einmal um. Alles machte einen guten und gepflegten Eindruck auf uns.

Ich sprach eine Dame, die in der Empfangshalle an einem Schalter saß an und teilte ihr meine Bedenken mit.

„Wir haben hier viele Patienten, die an Demenz und an Alzheimer erkrankt sind, da brauchen Sie keine Bedenken haben, die sind hier gut aufgehoben," meinte sie freundlich.

Einigermaßen entspannt fuhren wir zurück und besuchten Mutti im Krankenhaus.

Ich erzählte ihr von der Reha. Sie war nicht abgeneigt, als ich ihr erklärte, dass das ähnlich wie eine Kur ist.

Einige Male gingen wir noch mit ihr über den Flur, damit sie beim Laufen sicherer würde. Dabei schob sie beim Gehen ein Gehgestell vor sich her. Wir staunten, was für Fortschritte sie in den letzten Tagen gemacht hatte. Sie brauchte auch nicht mehr auf den Schieber, sondern konnte den bequemeren Toilettenstuhl benutzen. Das hatte sie der netten Dame auf ihrem Zimmer zu verdanken. Sie hatte die Schwestern darum gebeten.

Öfters, wenn wir jetzt kamen, saß Mutti am Tisch in einem Sessel direkt am Fenster und blickte in den Krankenhauspark und den dahinter liegenden Wald.

Es kam der Tag, an dem Mutti aus dem Krankenhaus entlassen wurde. Obwohl der Stationsarzt hier im Krankenhaus und auch die Dame am Empfang der Rehaklinik mir gut zugeredet hatten, wollte meine Unruhe nicht weichen. Vielleicht war es eine innere Stimme, auf die ich hätte hören sollen! Aber ich war immer noch von einer Erkrankung angegriffen, die mir, bevor Mutti zu uns gekommen war, sehr zu schaffen gemacht hatte und erhoffte mir jetzt noch eine Zeit der Entspannung. Außerdem glaubte ich auch, Mutti mit dem Aufenthalt in der Reha etwas Gutes zu tun.

Den Schwestern im Krankenhaus hatte ich am Abend vor der Entlassung mitgeteilt, dass ich Mutti auf der Fahrt zur Reha begleiten wollte.

Am nächsten Morgen war ich etwa eine Stunde, bevor der Transport losgehen sollte, bei ihr. Um Mutti Aufregungen zu ersparen, hatte ich von der Entlassung nichts gesagt und auch die Schwestern hatten Mutti, auf meine Bitte hin, nichts erzählt.

Auch wenn wir früher mit Mutti verreist waren, sagten wir ihr nicht wann es soweit war, sonst hätte sie voller Unruhe tagelang ihre Koffer ein und ausgepackt. Vor Aufregung hätte sie nicht mehr richtig geschlafen können und uns ganz nervös gemacht. Wir haben ihre Koffer immer heimlich gepackt und erst am Tag der Abreise gesagt, „ Mutti, heute geht es los."

Sehr entspannt sagte sie dann freudig, „ schön."

Ich hatte in der Nacht kaum geschlafen. Meine Gedanken ließen mich nicht zur Ruhe kommen.

War diese Entscheidung richtig?

War Mutti dort in der Reha gut aufgehoben?

Ich wünschte mir sehr, dass sie wieder so gut laufen konnte wie vorher. In der Zeit ihrer Erholung könnte auch ich neue Kräfte sammeln und danach wieder gut für sie sorgen.

Als ich ins Krankenhaus kam saß Mutti entspannt und locker im Sessel. Ich begrüßte sie und erklärte ihr, dass sie heute in die Reha kam.

Sehr ruhig antwortete sie, „ist gut, kommst du mit? "

„ Natürlich komme ich mit, ich will doch wissen, wo wir dich morgen besuchen können!" sagte ich freundlich lächelnd zu ihr und nahm sie in die Arme.

Kurz darauf erschienen schon die Sanitäter im Krankenzimmer.

Mutti wurde in einen Rollstuhl gesetzt. Mit dem Fahrstuhl ging es nun ins Erdgeschoß, wo der Krankentransporter schon vor der Tür stand. Die Sanitäter schoben Mutti samt Rollstuhl hinein und die Fahrt ging los.

„ Wo fahren wir den hin?" wollte Mutti schon nach ein paar Minuten wissen.

„ Wir fahren in die Reha! Du kommst doch zur Erholung dort hin und damit du wieder gut laufen lernst," sagte ich freundlich zu ihr.

Keine zwei Minuten später fragte sie mich wieder, wo wir hinfahren.

Mindestens dreißig Mal habe ich ihre Frage beantwortet. Sie glaubte auch immer, sie wäre in der Nähe von Bielefeld! Sie konnte absolut nicht begreifen, wie sie hier hinkam. Ihr Gedächtnis ließ sie voll im Stich.

Die Fahrt dauerte eine halbe Stunde.

Werner war mit unserem Auto hinter dem Krankentransporter hergefahren. Wir beide begleiteten jetzt die Sanitäter, die Mutti in ihr Zimmer fuhren.

Von dem schönen, gepflegten, großen Zimmer mit Blick auf die Terrasse, dem parkähnlichen Garten und dem dahinter liegenden Wald waren wir beide sehr angetan. Auch Mutti gefiel es auf Anhieb.

In dem Zimmer lag eine ältere Dame in ihrem Bett. Wie sie uns gleich bei der Begrüßung mitteilte, war sie schon weit über neunzig Jahre alt. Sie war sehr pflegebedürftig und für Mutti, das sah ich auf den ersten Blick, keine Hilfe.

Inzwischen war es Mittag. Mutti bekam ihr Essen an dem Tisch in ihrem netten Zimmer serviert. Danach ging ich mit ihr zur Toilette und half ihr ins Bett. Sie sollte solange im Bett bleiben, bis der Arzt zur Untersuchung kam. Sie sollte auch nicht alleine aufstehen, hatte die Schwester angeordnet. Ich hatte dazu der Schwester meine Bedenken geäußert. Mutti würde voraussichtlich, aufgrund all der Neuigkeiten die seit dem Morgen auf sie eingestürzt waren, das Schellen vergessen. Sie würde einfach aufstehen.

Obwohl sie ja, wie uns die Schwestern berichtet hatten, in den letzten Nächten im Krankenhaus geschellt hatte! Das hatte ich nie für möglich gehalten! Sicher hat sie auch nur auf Anweisung ihrer Bettnachbarin die Klingel betätigt. Hier aber war alles neu für sie.

Gemeinsam mit der Schwester beschlossen wir, dass das Gitter an Muttis Bett erst mal unten blieb, falls sie, während unserer Abwesenheit aufstand.

Inzwischen hatten wir beide mächtigen Hunger bekommen und hofften, während Mutti schlief, irgendwo in der Nähe ein kleines Restaurant zu finden, wo wir eine Kleinigkeit essen konnten.

Ich gab Mutti noch einen Kuss, erklärte ihr die Klingel, zeigte ihr den Knopf, den sie drücken musste und schärfte ihr ein, bloß nicht alleine aufzustehen. Mutti hörte zu und sah sich alles sehr interessiert an.

„Bitte, versprich mir, dass du nicht alleine aufstehst!" bat ich sie noch einmal eindringlich.

Sie sah mich, wie immer wenn ich mit ihr sprach, ganz lieb an und versprach es.

„ Schlaf ein bisschen, tschüss bis nachher," sagte ich und wir gingen.

Der Morgen war für Mutti sehr anstrengend gewesen, ich vermutete, dass sie bestimmt gleich einschlafen würde.

Wenn sie dann aber aufwacht hatte sie bestimmt alles vergessen! Sicher würde sie nicht mal wissen wo sie überhaupt war.

Ich machte mir so meine Gedanken.

Mir war vom Hunger schon ganz flau im Magen und dazu war ich entsetzlich müde.

Um unseren Hunger schnell zu stillen, suchten wir ein Schnellrestaurant auf, für ein ausgiebiges Mahl hatte ich nicht die richtige Ruhe.

Es war Mitte Juni, seit Tagen hatten wir schon wunderschönes Sommerwetter. Auch der Mai war nicht schlecht gewesen, es war immer warm und es hatte kaum geregnet.

Nachdem wir gegessen hatten, sahen wir uns nach einem kühlen Plätzchen, das möglichst unter einem Baum lag, um. Ich musste mich unbedingt ein wenig ausruhen und entspannen. Eine Decke, auf die wir uns legen konnten, hatten wir uns vorsorglich schon mitgenommen.

Ganz in der Nähe der Reha, die ein wenig abseits von dem Ort lag, fanden wir eine geeignete Stelle, direkt unter einem Baum

Hier war es herrlich ruhig! Weit und breit sah man kein Haus. Eine wunderschöne Landschaft, mit viel Wald, Wiesen und Äcker umgab uns. Schnell breiteten wir unsere Decke aus und legten uns nieder.

Es tat so gut, sich auf der Decke auszustrecken.

Über uns die schattenspendenden Äste mit dem hellen grün der noch frischen Blätter des Baumes und darüber der wolkenlose, blaue Himmel. Ich versuchte erst mal, mich zu entspannen und an nichts zu denken. Das gelang mir aber nur für kurze Zeit. Schnell standen alle Probleme wieder vor mir und ließen sich auch nicht mit dem schönsten   Sonnenschein und dem angenehmen lauen Wind, der leicht über uns her strich, verdrängen.

Hoffentlich hatten wir für Mutti die richtige Entscheidung getroffen?

Hoffentlich würde sie sich an das neue Zimmer gewöhnen und auch schellen, wenn sie aufstehen wollte!

Warum musste das bloß so schwierig sein?

Zum Glück konnte sie ja schon wieder ganz gut laufen beruhigte ich mich dann.

Gegen drei Uhr machten wir uns wieder auf den Weg zu Mutti. Als wir in ihr Zimmer traten, lag sie immer noch wohlbehalten im Bett. Der Arzt war schon bei ihr gewesen. Ich beschloss, später noch einmal mit ihm zu sprechen. Jetzt wollten wir erst mal den herrlichen Park, den wir bei unserer Ankunft heute Morgen schon bewundert hatten, mit Mutti genießen.

Mutti durfte aufstehen, allerdings konnten wir sie nur im Rollstuhl mit nach draußen nehmen, das Laufen wäre noch viel zu anstrengend für sie gewesen.

Nach einem kurzen Stück Weg, vorbei an Rhododendren, die auch hier wunderbar blühten, gelangten wir an einen großen, sehr schön angelegten Teich mit vielen Sitzgelegenheiten, die teilweise mit einer Pergola überdacht waren. An den Pergolen rankten Rosen, die jetzt im Juni ihre ganze Pracht entfalteten. Wir setzten uns auf eine Bank in den Schatten der Pergola und genossen den fantastischen Blick auf den Teich mit den vielen Seerosen und den hübsch angelegten Blumenbeeten, die sich rund um den Teich gruppierten und auf die dahinter liegende Parklandschaft, die in ein Waldstück mündete und herrliche Spaziergänge versprach. Hier war es einfach nur schön!

Lange saßen wir mit Mutti hier und beobachteten die Fische, die gemächlich durchs Wasser schwammen. Das war nicht nur für Mutti, nach ihrem Krankenhausaufenthalt sehr erholsam und eine schöne Abwechslung, auch für uns war es eine willkommene Entspannung. Für eine kurze Zeit fielen alle Sorgen von mir ab.

Gleich nach dem Abendbrot musste Mutti sich wieder hinlegen. Das war für sie heute, nach fast drei Wochen Krankenhausaufenthalt, ein sehr langer und erlebnisreicher Tag. Sie freute sich richtig auf ihr Bett. Vorher ging ich mit ihr noch zur Toilette und zeigte ihr alles, was sie für die Nacht wissen musste.

Als sie wieder im Bett lag erklärte ich ihr noch einmal eingehend wie sie die Klingel betätigen musste. Sie versprach, nicht alleine aufzustehen, sondern vorher auf die Klingel zu drücken und mit dem Aufstehen zu warten, bis jemand kam, der ihr helfen würde.

„Du kennst dich hier nicht aus, wenn du alleine aufstehst fällst du vielleicht wieder hin!" gab ich ihr zu bedenken.

„Ich bin gefallen?" sagte sie. Ungläubig sah sie mich an.

„Ja!" sagte ich, „du bist doch im Krankenhaus gewesen und nun bist du hier damit du wieder gut laufen lernst!"

Mit dem Arzt hatte ich am Nachmittag gesprochen. Ich hatte Werner mit Mutti am Teich für eine Viertelstunde alleine gelassen..

„Auf keinen Fall können wir des Nachts das Gitter am Bett unten lassen," hatte er mir erklärt. „Dann sind wir nicht versichert, wenn etwas passiert! Wir müssen unsere Maßnahmen ergreifen."

Ich hatte versucht, ihm zu verstehen zu geben, dass Mutti durch ihre Demenz vergessen würde, zu klingeln.

„Wäre das Gitter an ihrem Bett hoch, würde sie auf jeden Fall versuchen darüber zu klettern. Die Gefahr, dass sie fällt, ist zu groß! Es wäre besser, das Gitter wäre unten!" gab ich zu bedenken.

Der Arzt hörte sich meine Einwände geduldig an, ließ sich aber nicht erweichen.

„Machen sie sich keine Sorgen, unsere Schwester wird jede zweite Stunde in der Nacht nach Ihrer Mutter sehen!" versprach er.

Diese Aussage war schon mal beruhigend für mich, aber trotzdem fuhren wir sehr besorgt nach Hause.

Hoffentlich geht alles gut!

Zum Glück hatte Werner Urlaub, so konnten wir gleich am nächsten Morgen wieder zu Mutti fahren.

Mutti ging es gut, stellten wir beruhigt fest, als wir am nächsten Morgen zu ihr kamen. Wir trafen sie im Flur, wo sie mit anderen Patienten Gymnastik machte.

Als erstes nach der Begrüßung suchte ich den Arzt auf und bekam zu hören, dass Mutti in der Nacht sehr unruhig gewesen war. Sie war öfters aufgestanden und hatte natürlich nicht geschellt. Zwischen Gitter und Bett war ein Spalt, durch den ist sie einfach durchgerutscht. Einmal hatte sie die Toilette nicht gefunden und war im Flur rum gelaufen.

Ich versuchte den Arzt davon zu überzeugen, dass es besser wäre, das Gitter unten zu lassen, dann könnte Mutti doch besser aufstehen!

„Ja," stimmte er mir zu, „wir haben das auch schon überlegt. Wir werden es in der nächsten Nacht noch einmal testen."

Wir blieben bis zum Mittagessen. Dann machten wir, während Mutti schlief, einen Ausflug in die nähere Umgebung. Die Landschaft hier, mitten im Weserbergland war bezaubernd. Wir kamen in einen kleinen Ort, der direkt an der Weser lag, setzten uns in ein schönes parkmäßig angelegtes Restaurant mit einem wunderbaren Blick auf die Weser. Aßen eine Kleinigkeit, genossen das tolle Sommerwetter und fuhren wieder zurück zu Mutti.

Der kleine Ausflug hatte uns sehr gut getan. Die Fahrt durch die herrliche Landschaft war sehr beruhigend gewesen. Entspannt kamen wir bei Mutti an.

Den ganzen Nachmittag verbrachten wir wieder mit ihr im Garten an dem schönen Teich. Erst nach dem Abendbrot, als Mutti wohlbehalten im Bett lag, fuhren wieder nach Hause.

„Hoffentlich geht heute Nacht alles gut!" betete ich abends im Bett.

Mutti war am nächsten Morgen gut zufrieden. Die Nacht war ähnlich verlaufen wie die vorherige. Der Arzt meinte, dass Mutti zu unruhig ist, da sie wieder ein paar Mal aufgestanden war.

Das war aber normal für sie. Sie stand in der Nacht immer öfters auf. Alte Leute müssen eben häufiger in der Nacht aufstehen und Wasser lassen und nur deshalb stand Mutti nachts auf, das war bei uns nicht anders gewesen.

Der Arzt hatte jedoch beschlossen, ihr des abends etwas zur Beruhigung zu geben damit sie besser schlief. Auf meinen Einwand und meine Bedenken sagte er, dass es sich bei dem Medikament nur um ein ganz leichtes Mittel handelte.

„Morgens ist Ihre Mutter längst wieder munter!" meinte er gelassen.

So ganz einverstanden war ich nicht damit, doch bedachte ich, dass Mutti früher fast jeden Abend Schlaftabletten genommen hatte. In der letzten Zeit hatte ich sie allerdings weggelassen.

Nach dem Mittagessen, als Mutti wieder in ihrem Bett lag und ihren Mittagsschlaf machte, machten wir uns wieder auf den Weg in den netten Ort an der Weser. Dort hatte es uns gestern so gut gefallen. Wieder setzten wir uns in das schöne Restaurant auf die Terrasse und während wir etwas aßen, genossen wir wieder den tollen Blick auf die wunderschöne Gegend und auf die Weser, die gemächlich dahin floss. Nicht weit von unserem Tisch entfernt war ein kleiner Teich mit einem Springbrunnen. Voll entspannt ließ ich alle Sorgen fallen. Wir hatten Urlaub, konnten zwar nicht wegfahren, aber hier war es auch sehr schön.

Eigentlich hatten wir geplant, in unserem Urlaub mit Mutti an den Wolfgangsee zu fahren. Dort ist sie mit Vati sehr oft im Urlaub gewesen.

Am frühen Nachmittag ging es zurück zu Mutti. Den restlichen Nachmittag verbrachten wir wieder mit Mutti am Teich. Sie genoss es sehr, wenn wir bei ihr waren.

Als ich ihr erklärte, dass sie zur Kur hier ist meinte sie. „Dann will ich alles genießen, es ist ja so schön hier."

Erst am Abend, wenn Mutti im Bett lag und wir auf der Heimfahrt waren, wuchs meine Besorgnis sehr. Ich entspannte mich erst, wenn ich am nächsten Morgen sah, dass es ihr gut ging.

Am nächsten Morgen kam sie uns schon mit einer Frau, die ebenfalls auf ihrer Station lag am Eingang der Klinik entgegen. Beide hatten ihren Gehwagen dabei, ohne durften sie nicht laufen.

Muttis Gesicht strahlte, als sie uns erblickte.

Ich kann gar nicht beschreiben, wie ich mich freute, als sie so wohlauf vor uns stand.

Wie gut sie schon wieder laufen konnte! staunte ich. Das hatte ich in der kurzen Zeit nicht für möglich gehalten.

Als wir am Abend, nach einem schönen Tag nach Hause fuhren, dachte ich, „so, jetzt läuft alles gut, jetzt kannst du dich richtig entspannen."

Der Arzt hatte mir mitgeteilt, dass Mutti in der Nacht ruhig geschlafen hatte. Wir konnten auch bei Mutti kein Zeichen von Müdigkeit oder irgendeine Beeinträchtigung wegen des Beruhigungsmittels, das sie am Abend vorher bekommen hatte, fest-stellen.

In der folgenden Nacht schlief ich so gut wie lange nicht.

Der nächste Tag war ein Samstag. Wir schliefen etwas länger, schließlich hatten wir ja Urlaub.
Heute wollten wir ganz gemütlich frühstücken, dann in Ruhe einkaufen gehen und anschließend, so gegen Mittag, zu Mutti zu fahren.
Nach dem Aufstehen trödelte ich im Bad noch ein wenig rum. Das Telefon schellte, doch ehe ich den Hörer abnehmen konnte, hörte es schon auf zu bimmeln. Werner lag noch im Bett, er hatte das Telefon nicht gehört.
Wer ruft schon so früh bei uns an?
Alle wussten, dass wir Urlaub hatten!
Ich machte mir keine Sorgen. Mutti ging es gestern gut, ich war voll entspannt und wollte das auch jetzt bleiben. Wer von uns was wollte, konnte sich ja wieder melden.
Ganz gemütlich saßen wir am Frühstückstisch. Etwa eine Stunde nach dem Anruf bimmelte das Telefon wieder. Ich nahm den Hörer ab. Die Stimme am Telefon war fremd aufmerksam hörte ich zu.
„Ihre Mutter ist heute Morgen gefallen, wir haben sie ins Krankenhaus gebracht!" teilte mir eine Dame mit.
Es traf mich wie ein Schlag ins Gesicht!
Im ersten Moment konnte ich nicht antworten so betroffen war ich von dieser Nachricht, mit der ich absolut nicht gerechnet hatte.
„Hören sie!" sagte die Dame am Telefon.
„Ja!" sagte ich ganz benommen, „was ist denn passiert?"

„Ihre Mutter ist am frühen Morgen beim Aufstehen gefallen sie hat sich vermutlich den Oberschenkel gebrochen!"

Völlig niedergeschmettert, meine gute Stimmung war von einem Moment auf den anderen dahin, bedankte ich mich bei der Anruferin und fragte schnell noch nach der genauen Adresse des Krankenhauses.

Nachdem ich den Hörer aufgelegt hatte, kam mir erst richtig zu Bewusstsein, was geschehen war.

Ich lief in den Garten und rief laut nach Werner, der gerade dabei war, den Rasenmäher in Betrieb zu nehmen.

Auf dem Weg ins Krankenhaus, wir hatten alles stehen und liegen gelassen, machte ich mir die bittersten Vorwürfe!

War es richtig gewesen, Mutti in die Reha zu schicken?

„Nein!"

Für mich stand im Moment fest, es war meine Schuld! Ich hätte sie zu mir nach Hause holen sollen, dann wäre es bestimmt nicht passiert! Bei uns kannte sie den Weg zur Toilette genau und ich hätte ihr bestimmt keine Beruhigungsmittel gegeben. Da halfen nun auch kein Ausflüchte und kein wenn und aber. Im Moment fühlte ich mich schuldig!

Sicher, ich hatte gedacht ich tue ihr etwas Gutes.

Wieso ist sie gefallen?

Bestimmt hat sie vergessen ihren Gehwagen zu nehmen und ist einfach so losgerannt!

Vielleicht war sie noch taumelig von dem Beruhigungsmittel, dass ihr der Arzt für die Nacht verordnet hat?

Wie es ihr jetzt wohl geht?

Ob sie operiert werden muss?

Sicher hat sie große Schmerzen!

Werner, der mein besorgtes Gesicht sah meinte, „mach dir keine Gedanken, das hätte bei uns auch passieren können. Du weißt doch, dass sie bei uns auch schon vor dem Bett gelegen hat. Wäre es bei uns passiert, würdest du dir erst recht Vorwürfe machen. Du kannst nichts dafür!"

In gut einer halben Stunde waren wir in der Stadt, in dem das Krankenhaus lag, angekommen. Es lag direkt an der Weser. Hier waren wir schon oft spazieren gegangen. Dass ich jedoch in diesem Krankenhaus meine Mutter mal besuchen würde, hätte ich nie und niemals für möglich gehalten.

An der Rezeption erkundigten wir uns nach Mutti und wurden auf die Station geschickt. Oben angekommen erfuhren wir, dass Mutti noch in der Aufnahme war und in etwa einer halben Stunde auf ihr Zimmer gebracht würde.

„Sie hat den Oberschenkel gebrochen! Operiert ist sie noch nicht," erklärte uns eine nette Schwester. „Gehen Sie noch ein bisschen spazieren, oder ins Café" meinte sie freundlich.

Wir setzten uns in den Krankenhausgarten. Bei dem schönen Wetter mochten wir nicht im Café sitzen. Heute hatten wir zum ersten Mal unser neues Handy mit. Erst seit ein paar Tagen waren wir Besitzer dieses Gerätes. Ich hatte mich vehement gegen den Kauf eines solchen Dinges gewehrt. Werner wollte auch nicht unbedingt eins haben, aber dann hat er es von unserem Sohn geschenkt bekommen. Heute konnten wir es gut gebrauchen.

Zuerst rief ich bei meiner Schwester an. Danach bei meinem Bruder in Bielefeld.

Auch sie waren beide geschockt über meine schlechte Nachricht. Genaueres konnte ich ihnen noch nicht mitteilen. Ich versprach, später noch mal anzurufen.

Wir hatten noch ein bisschen Zeit und schlenderten langsam an der Weser entlang.

War das heute ein tolles Wetter!

Herrlichster Sonnenschein!

Was hätte das für ein schöner Tag werden können!

Uns war es nicht vergönnt, fröhlich zu sein!

Betrübt und traurig schlichen wir den Weg an der Weser entlang und sahen zu, wie sie eher schnell, manchmal schäumend und glucksend dahin floss. Nicht weit von hier befand sich ein Wehr, wo sich das Wasser staute, um danach wieder schäumend in die Tiefe zu stürzen. Uns kamen einige gut gelaunte und fröhliche Leute und verliebte Pärchen entgegen, die diesen Tag bei dem wunderbaren Wetter ausgiebig genossen. Mich konnte heute nichts erheitern.

Ehe die halbe Stunde um war, fuhren wir mit dem Fahrstuhl wieder auf die Station.

Mutti lag im Zimmer. Ihr Bett stand direkt am Fenster. Das Bein lag in einer Schiene, in einem Streckverband. Die Schiene war schräg nach oben gestellt.

Völlig verstört schaute sie uns an. Wusste absolut nicht, wo sie war, wie sie hier hingekommen ist und schon gar nicht, was mit ihr passiert war. Sie konnte sich absolut an nichts erinnern.

Sie freute sich natürlich sehr, dass wir bei ihr waren.

„Können wir gleich nach Hause gehen?" fragte sie uns und sah mich bittend an.

„Aber Mutti, dein Bein ist doch gebrochen, du bist hier im Krankenhaus," erklärte ich ihr.

Entsetzt schaute sie mich an, „ das wusste ich ja nicht."

„Schau doch, dein Bein ist von oben bis unten verbunden, du kannst es nicht bewegen! Es ist ruhig gestellt, damit du keine Schmerzen hast."

„So was," verständnislos schaute Mutti uns an.

Von der Schwester, die ins Zimmer kam, erfuhren wir, dass Mutti am nächsten Morgen, ein Sonntag, oder vielleicht auch erst am Montagmorgen operiert werden soll.

Sie bat uns noch zu bleiben.

„Die Ärztin möchte Sie noch sprechen, sie braucht einige Angaben zur Narkose und zu der bevorstehenden Operation," erklärte sie uns.

Bis wir alles geregelt hatten, war schon der Nachmittag hereingebrochen. Nur ganz kurz liefen wir in die nahe Stadt, um einen Happen zu essen und blieben dann bis zum Abend bei Mutti.

In Muttis Zimmer liegen noch zwei Frauen.

Eine etwa fünfundsechzigjährige Dame liegt direkt neben der Eingangstür. Ihr Bett steht neben Muttis Bett. Sie hatte eine neue Hüfte eingesetzt bekommen.

Wir unterhielten uns mit ihr. Sie freute sich, dass sie ein bisschen Abwechslung durch uns hatte. Sie klagte uns aber auch ihr Leid über die andere Patientin, die mit in dem Zimmer liegt.

Deren Bett befand sich in einer Nische, neben dem neu eingebauten Toilettenraum, der auch eine Wachgelegenheit hatte.

„Ich bekomme hier des Nachts kein Auge zu, die Frau ist furchtbar unruhig," erzählte sie.

Jetzt lag die Frau sehr ruhig in ihrem Bett und schlief.

Die Dame mit der neuen Hüfte erzählte weiter.

„Letzte Nacht hat sie ihre paar Sachen zusammengepackt und ist getürmt! Sie war schon unten an der Tür zum Ausgang, dort hat man sie gerade noch erwischt!"

Als wir dann weiter von ihr erfahren, dass die Frau sich auch den Oberschenkel bei einem Sturz in ihrem Badezimmer gebrochen hatte und erst vor kurzem operiert worden war, staunten wir nicht schlecht, dass sie schon so gut laufen konnte, denn sie war schon neunzig Jahre alt.

Mutti konnte ja im Moment nicht aufstehen. Durch den Streckverband war sie ans Bett gefesselt. Da brauchte ich mir keinerlei Sorgen machen, dass sie einfach aufstand, das war im Moment nicht möglich.

Da sie aber alles vergaß, würde sie auf jeden Fall in der Nacht versuchen wollen, aufzustehen.

Bestimmt wird sie auch sehr unruhig werden. Da wird die Frau mit der operierten Hüfte, die an der Eingangstür lag, wohl wieder keine Ruhe finden.

Wie wohl die Nacht verlaufen wird?

Sorgenvoll fuhren wir nach Hause.

Am nächsten Morgen rief ich gleich in der Klinik an und erfuhr, dass Mutti um zehn Uhr operiert werden sollte. Es wurde aber ein Uhr, bis sie in den OP kam. Besuch sollte sie an dem heutigen Tag nicht erhalten.

Die Operation verlief gut. Mutti hatte alles gut überstanden.

Als wir am Montagmorgen zu ihr kommen, hatte sie schon gut gefrühstückt und lächelte uns freudig entgegen.

Sie war in der Nacht, wie wir befürchtet hatten, sehr unruhig gewesen und hatte sich alles, aber auch restlos alles, herausgezogen.

Den Katheter, die Infusion, alles musste neu gelegt werden. Sie begriff auch jetzt nicht, dass sie einen Katheter in der Blase hatte. Laufend sagte sie zu mir, „ ich muss so nötig aufs Klo!"

Ich versuchte ihr immer wieder klar zu machen, dass sie nicht zur Toilette gehen konnte, dass das auch nicht nötig war.

„Sieh, Mutti, du hast einen Katheter!" Ich zeigte ihr den Schlauch und den Beutel, der schon mit Urin halb gefüllt war.

„Alles läuft hier in den Beutel, mach dir keine Sorgen."

„So?" sagte sie erstaunt. Aber es dauerte nicht lange und sie verlangte wieder aufstehen zu dürfen, damit sie zur Toilette gehen konnte.

Ihre größte Sorge war ja, dass sie das Bett nass machen würde. Deshalb war sie des Nachts auch so sehr unruhig. Ich bat die Schwester den Katheter zu ziehen, damit Mutti, wie in dem Krankenhaus an unserem Wohnort, auf die Schüssel gehen konnte. Vielleicht wäre sie dann weniger unruhig. Ich fand aber kein Gehör, der Katheter blieb bis zu ihrer Entlassung.

Da der Katheter sehr oft neu gelegt werden musste, fragte ich mich, ob Mutti ihre Blase jemals wieder in den Griff bekommen würde?

Möglicherweise, würde nach ihrer Entlassung nichts mehr funktionieren.

Jede viertel Stunde verlangte Mutti aufstehen zu dürfen.

„Ich muss so nötig!"

Bittend sah sie mich dann an.

„Mutti, du kannst nicht aufstehen, dein Bein ist operiert!" versuchte ich ihr wieder und wieder klar zu machen.

„Was ist denn mit meinem Bein?" fragte sie mich und sah mich ganz verdattert an.

„Dein Bein ist gebrochen," erklärte ich ihr.

„Da habe ich ja nichts von gemerkt, wann ist denn das passiert?" Ungläubiges Staunen lag in dem Blick mit dem sie mich ansah.

Es hatte keinen Sinn, ihr alles noch einmal zu erklären, sie hätte es im nächsten Augenblick wieder vergessen.

Die Dame mit der neuen Hüfte fand nun in der Nacht überhaupt keine Ruhe mehr. Sie wollte unbedingt in ein anderes Zimmer verlegt werden. Das konnten wir gut verstehen. Solange aber diese Frau in Muttis Zimmer lag, brauchte ich mir keine Gedanken machen. Sie hatte in der Nacht, wenn Mutti unruhig wurde, geklingelt. Auch das Klingeln begriff Mutti absolut nicht, obwohl der Klingelknopf, an einer Stange, direkt über ihrem Kopf hing.

Die ältere Patientin, die sich ebenfalls den Oberschenkel gebrochen hatte, hatten wir bisher nur schlafend gesehen. Wir staunten nicht schlecht, als sie plötzlich aufstand und dann fast mühelos zur Toilette ging. Und das in ihrem hohen Alter, nach einer anstrengenden Operation. An ihrem Bett brauchte kein Gitter angebracht werden. Sie klagte auch nicht über Schmerzen.

Gleich am Montagmorgen hatten wir mit dem Arzt gesprochen und darauf hingewiesen, dass ein Gitter an Muttis Bett erforderlich wäre. Sie würde auf jeden Fall versuchen aufzustehen. Zuerst war der Arzt dagegen, als er dann aber die Story aus dem anderen Krankenhaus hörte, wurde das Gitter angebracht.

Als wir am nächsten Morgen das Zimmer betraten, stellten wir gleich fest, dass die nette Dame mit der neuen Hüfte nicht mehr im Zimmer lag. Ich traf sie später auf dem Flur. Dort berichtete sie mir von dem Horror in der letzten Nacht, den sie mit den beiden alten Damen erlebt hatte. Sie hatte kaum geschlafen.

Die Nachtschwester hatte zu ihr gesagt, „wenn die Tochter, also ich, ihre Mutter nach Hause holt, kriegt sie einen Vogel, das kann sie nicht lange aushalten!"

Bei meinen Besuchen im Krankenhaus hatte ich immer betont, dass ich Mutti wieder zu uns nach Hause holen wollte.

Ich war sehr besorgt, als ich das hörte.

Natürlich war es mein Wunsch, Mutti bei uns zu haben. Sie war doch auch nicht böse, nein ganz im Gegenteil, sie war die allerliebste, verträglichste Mutti, die es gab. Mit allem zufrieden und für die kleinsten Gefälligkeiten so dankbar. Jeder, der sie kannte, mochte ihre liebenswürdige Art.

Es war ihr Gedächtnis, das sie im Stich ließ. Sie wollte niemandem zur Last fallen. Im Moment konnten wir erst mal nur abwarten und sehen, ob sie wieder auf die Beine kam.

Da die nette Dame nun nicht mehr in Muttis Zimmer lag, das Bett neben Mutti war im Moment nicht belegt, dachte ich mit Bangen daran, wer jetzt wohl auf Mutti aufpasst und klingelt, wenn sie unruhig wird und versuchte aufzustehen?

Wie wird wohl die kommende Nacht verlaufen?

Wieder voller Sorgen machten wir uns am Abend, nach einem Tag bei Mutti, wieder auf den Heimweg. Gut, dass Werner Urlaub hatte, so konnten wir jeden Tag bei ihr sein.

Am Anfang, als Mutti im Krankenhaus lag, machten wir uns schon morgens, gleich nach dem Frühstück, auf den Weg zu ihr. Dann blieben wir eine Zeitlang dort. Nach dem Mittagessen, wenn sie schlief, fuhren wir an die Weser, setzten uns in ein gemütliches Gartenlokal und genossen das immer noch wunderschöne Wetter. Hier, in der herrlichen Natur, konnte man sich so richtig gut entspannen. Im Moment dachten wir nur an den heutigen Tag und nicht daran, was vielleicht kommen würde. Am frühen Nachmittag waren wir wieder bei Mutti. Jedes Mal, wenn wir zur Tür herein kamen, strahlte ihr Gesicht vor Freude.

Wie sich glücklicherweise herausstellte, passte jetzt die neunzigjährige Frau auf Mutti auf. Sobald Mutti unruhig wurde, schellte sie.

Was für ein Glück!

Wir waren sehr erleichtert! Gut, dass sie noch so fit war!

Eigentümlich war nur, dass sie kaum etwas aß. Jedes Essen, von dem sie keinen Bissen angerührt hatte, schickte sie wieder zurück. Nur die Erdbeeren, die wir mitbrachten, aß sie mit großem Genuss. Wir brachten jeden Tag eine besonders große Portion für Mutti und für die liebe alte Dame mit.

Nicht nur Mutti, auch sie freute sich über unseren Besuch. Werner machte oft ein kleines Späßchen, das gefiel ihr besonders gut, da war es nicht so langweilig für sie, leider bekam sie keinen Besuch. Sie erzählte uns, dass ihre Tochter, die in Hamburg wohnte, im Urlaub war.

Unter keinen Umständen sollte sie erfahren, dass ihre Mutter im Krankenhaus lag. „Sie soll sich im Urlaub erholen," erklärte sie mit Nachdruck.

Nach einer Woche war Werners Urlaub vorbei. Ich fuhr allein zu Mutti. Die Stadt, in der Mutti im Krankenhaus lag, war vierzig Kilometer von uns entfernt. Um zu ihr zu gelangen, war ich auf die öffentlichen Verkehrsmittel angewiesen. Zuerst fuhr ich mit dem Bus zum S-Bahnhof, der sich im vier Kilometer entfernten Nachbarort befand. Dann ging es mit dem Zug weiter. Nach vierzig Minuten Fahrt kam ich am Bahnhof in der Stadt an. Um zum Krankenhaus zu gelangen, hätte ich jetzt noch mal in einen Bus steigen können. Der fuhr aber nicht so oft, deshalb entschloss ich mich, zu Fuß zur Klinik zu gehen. Obwohl ich mich sehr beeilte und schnell lief, erreichte ich das Krankenhaus erst nach einer halben Stunde. Für einen Weg von unserem Wohnort bis zum Krankenhaus brauchte ich etwa zwei Stunden. Ich wollte jedoch so oft wie möglich bei Mutti sein, denn sie wusste nicht, dass sie im Krankenhaus war und war dementsprechend oft sehr traurig und sehr deprimiert. Wenn ich dann bei ihr war, gelang es mir sie wieder aufzuheitern, bis sie lächelte. So oft Werner es ermöglichen konnte, fuhren wir gemeinsam mit unserem Auto zum Krankenhaus.

Am Ende der ersten Woche, am Samstag, wurde ich vom Sozialdienst des Krankenhauses angerufen. Sie wollten wissen, was mit Mutti nach ihrer Entlassung geschehen sollte.

Außer der Pflege bei uns zu Hause gab es noch zwei andere Möglichkeiten. Die erste war, dass Mutti wieder zurück in die Rehaklinik, in der sie gestürzt war, kam. Da Mutti an Demenz litt, kam für sie nur diese Klinik in Frage. Die zweite Möglichkeit war, ich würde sie in einem Heim zur Kurzzeitpflege unterbringen. Jetzt, nach dem Beinbruch und der Operation, konnte sie ja noch nicht mal auf den Beinen stehen und musste erst mal wieder laufen lernen. Das war sehr wichtig für sie. Deshalb konnte ich sie nicht zu mir nach Hause holen.

Ich erkundigte mich bei der Dame vom Sozialdienst, wie lange Mutti im Krankenhaus bleiben würde.

„Etwa drei Wochen, „ meinte sie.

„Wie viel Zeit bleibt mir noch, bis ich mich entscheiden muss?" wollte ich von ihr wissen.

„Ungefähr eine Woche, „erklärte sie mir.

In den ersten Tagen nach Muttis Einlieferung ins Krankenhaus musste ich erst mal den Schock über Muttis Beinbruch überwinden. Trotz der vielen Probleme, die täglich auf mich zukamen, versuchte ich mich zu entspannen. Ich machte mir erst mal keine Gedanken darüber, wie es weitergehen sollte. Obwohl mir im Moment ja noch etwas Zeit blieb, wurde mir jetzt doch deutlich bewusst, dass ich schleunigst eine Entscheidung treffen musste. Die paar Tage, die Mutti noch im Krankenhaus sein würde, waren schnell vorbei.

Oft, wenn wir zu Mutti kamen, saß sie schon in einem Sessel, aber laufen konnte sie überhaupt nicht mehr. Wenn die Schwester sie aus dem Bett holte, hing sie völlig kraftlos wie ein nasser Sack in ihren Armen.

Würde sie in so kurzer Zeit die Kraft aufbringen, um wieder auf die Beine zu kommen?

Würde sie überhaupt jemals wieder laufen können? Schließlich war sie in diesem Jahr neunundachtzig Jahre alt geworden.

Bei uns zu Hause ging das so nicht. Mutti würde sofort, wenn sie das Bedürfnis dazu hatte, versuchen aufzustehen. Da sie nicht mal stehen konnte, würde sie gleich wieder fallen. Am Tage ging das noch, da könnte ich immer in ihrer Nähe sein, aber in der Nacht käme ich kaum zu Ruhe.

Wo war sie aber besser aufgehoben?

In der Reha oder in einem Heim?

Diese Frage machte mir ganz schön Kopfzerbrechen. „Zurück in die Reha?"

„Nein!" Ich hatte sehr große Bedenken, allein der Gedanke, sie dort wieder hin zu geben, flößte mir nun, nachdem Mutti dort gefallen war, ziemliche Angst ein.

Sollte ich mich lieber für ein Heim entscheiden?

Wo konnte ich auf die Schnelle einen Platz in einem Heim finden?

Auf keinen Fall wollte ich sie in einem x-beliebigen Heim unterbringen. Wenn, dann kam nur ein gut geführtes Haus in Frage. In unserem Ort gab es zwar ein Pflegeheim, aber jeder riet mir davon ab.

„Vielleicht ist das Heim im Nachbarort, das vor nicht allzu langer Zeit eröffnet wurde, das Richtige?,,

Ich entschloss mich, mir telefonisch Informationen in diesem Heim zu holen, aber niemand ging ans Telefon.

Von einem Besucher im Krankenhaus bei uns im Ort hatte ich von einem Heim gehört, das sehr gut sein sollte. Es war weiter von uns entfernt. Trotzdem fuhren wir hin um es uns anzusehen. Es machte gleich einen guten Eindruck auf uns, wir waren von der Anlage begeistert. Ich konnte mir gut vorstellen, dass Mutti hier für drei bis vier Wochen gut aufgehoben wäre, bis sie wieder einigermaßen laufen konnte. Leider gab es in diesem Heim im Moment keinen freien Platz.

Drei Tage später, Anfang der Woche, treffen wir die Dame vom Sozialdienst, die mich letzten Samstag angerufen hatte, im Flur des Krankenhauses. Sie fragt, ob wir für Muttis Entlassung alles geregelt hätten?
Einigermaßen überrascht stutzte ich und erklärte ihr, dass es mir in der kurzen Zeit nicht gelungen wäre, einen Platz in einem Pflegeheim zu bekommen.
„Dann kommt Ihre Mutter wieder in die Rehaklinik," sagte sie entschieden. „Am Freitag wird sie entlassen!"
Ungläubig sehen wir die Dame an.
„Sie hatten mir doch am Telefon gesagt, dass meine Mutter achtzehn Tage hier bleiben würde und nun soll sie schon nach so kurzer Zeit entlassen werden?" sagte ich empört.
„Sprechen Sie am Besten mit dem Arzt," gab sie zur Antwort und verschwand schnell.
Sogleich suchten wir den Arzt auf. Er meinte, dass es üblich ist, die Patienten am zwölften Tag nach der Operation, wenn es keine Komplikationen gab, zu entlassen. „Die Kasse übernimmt keine weiteren Kosten."

„Was ist denn mit dem Katheter? „wollte ich wissen.

„Der wird in den nächsten Tagen entfernt," versprach er.

Es hatte keinen Zweck darauf zu pochen, dass Mutti länger im Krankenhaus blieb.
Ich war auch froh, dass dieser Katheter endlich gezogen wurde. Jede viertel Stunde wollte Mutti zur Toilette. Wieder und wieder erklärte ich ihr die Sache mit dem Katheter, zeigte ihr den Schlauch und den Beutel, in dem sich der Urin schon gesammelt hatte, aber nach kurzer Zeit hatte sie alles vergessen, und sie wollte wieder zur Toilette.
Selbst die Schwestern waren schon verzweifelt. Mutti ging ihnen wohl ziemlich auf die Nerven. Bestimmt waren sie froh über Muttis schnelle Entlassung. Bestimmt sollte es auch deshalb so schnell gehen.
Komisch war nur, dass Mutti genau wusste, wo die Toilette war. Als ich bei meinem letzten Besuch bei ihr aus dem Zimmer gehen wollte, um die Toilette aufzusuchen sagte Mutti, „du brauchst nicht raus gehen, die Toilette ist dort. "Sie zeigte mit dem Finger auf die Toilettentür in ihrem Zimmer. Ich war total verblüfft und sagte, „ Mutti, die Toilette ist nur für Patienten, ich muss auf den Flur gehen."

An dem Tag, an dem Mutti aus dem Krankenhaus entlassen wurde, hatte Werner keine Zeit. Unser Sohn fuhr mich zu ihr, denn ich wollte sie unbedingt begleiten.
Den Schwestern hatte ich einen Tag vorher eingeschärft, Mutti von der Entlassung nichts zu sagen, damit sie nicht unnötig beunruhigt wurde.

Sie vergaß zwar vieles, aber einiges behielt sie doch. Ich würde es ihr erklären, wenn ich morgens kam.

Als unser Sohn und ich in das Krankenzimmer traten, saß Mutti noch unangezogen auf einem Stuhl neben ihrem Bett. Sie hatte nichts dagegen, zur Kur zu kommen, unter einer Reha konnte sie sich nichts vorstellen.

Während sie angezogen wurde, ging ich auf den Flur, um mit dem Stationsarzt ein Gespräch zu führen.

Er informierte mich darüber, dass Mutti ein Medikament zur Beruhigung bekommen hatte. Er bezweifelte, dass die Tropfen, die Mutti abends bekam, das Richtige für sie sind, er würde so etwas nicht verordnen. Mutti hätte sie im Krankenhaus nur auf Verordnung der Ärzte von der Reha bekommen. Diese Tropfen haben erhebliche Nebenwirkungen, erklärte er mir noch. Vermutlich waren diese Tropfen auch dafür verantwortlich, dass Mutti so durcheinander mit ihrer Blase war.

Ich frage mich heute noch, warum der Arzt hier im Krankenhaus sie nicht abgesetzt hat! Er hätte das doch ganz einfach anordnen können, dazu wäre er doch befugt gewesen. Schließlich bekam er jeden Tag die Probleme, unter denen Mutti litt, mit!

Was muss das für Mutti eine Quälerei gewesen sein, immer das Gefühl, dringend zur Toilette gehen zu müssen aber nicht dürfen!

Ob diese Tropfen auch bewirkt haben dass Mutti gefallen war und sich den Oberschenkel gebrochen hatte?

Für eine weitere Diskussion mit ihm blieb keine Zeit, ich eilte zurück zu Mutti, die Sanitäter standen schon zur Abfahrt bereit.

Um zehn Uhr ging die Fahrt los. Oliver war schon mit dem Auto vorausgefahren, um mich später wieder mit nach Hause zu nehmen. Als wir in der Klinik ankamen, wartete er in der Eingangshalle auf uns. Als Mutti ihn sah rief sie ganz erstaunt, „Oliver, was machst du denn hier?"

Mutti kam auf die gleiche Station zurück. Dazu mussten wir wieder durch den langen Flur gehen, der sich durch die ganze Station wie ein U zog. An der Kurve standen einige Tische und Stühle für die Patienten, die sich am Tag dort aufhielten. Alles war sehr einfach und schlicht. Gemütlich war es hier nicht!

Als wir an den Tischen vorbeikamen, sah ich eine ältere Dame, angeschnallt und zusammengesunken im Rollstuhl sitzen. Sie wirkte völlig apathisch und verstört. Die grauen Haare, die sie etwas länger trug, hingen ihr wirr um den Kopf. Als ich näher hinsah, traute ich meinen Augen nicht, das konnte doch nicht möglich sein, ich kannte diese Dame!

Es war die Frau mit dem Oberschenkelhalsbruch, die im Krankenhaus in Muttis Zimmer gelegen hatte und die so lieb auf Mutti aufgepasst hatte. Sie ist ein paar Tage vor Mutti entlassen worden.

Ein gewaltiger Schreck überfiel mich!

Im Krankenhaus konnte sie doch schon so sicher laufen!

Wieso saß sie hier überhaupt im Rollstuhl?

Bei dem herrlichen Wetter!

Es gab hier doch den wunderschönen Park hinter dem Haus, dort könnte sie doch spazieren gehen, oder auf der Terrasse sitzen. Jedes Zimmer hatte eine kleine Terrasse, mit einem Tisch und vier Stühlen.Von dort gelangte man direkt in den Garten.

„So werden die Leute hier also fertiggemacht!"
ging es mir durch den Kopf. Und hier bringst du
deine Mutter wieder hin.
Konnte ich das verantworten?
Am liebsten hätte ich Mutti geschnappt und wäre
auf der Stelle mit ihr nach Hause gefahren.
Im Moment hatte ich jedoch keine andere Wahl.
Sie musste erst mal wieder auf die Beine kommen.
Während der Fahrt hatte ich immer an die Tropfen
denken müssen. Sicher waren sie daran Schuld,
dass Mutti gefallen war!
Mein Sorgenpaket wuchs gewaltig!
Wir kamen zu dem Zimmer, in dem Mutti drei
Wochen wohnen sollte. Ich war sehr gespannt, mit
welcher Dame sie das Zimmer teilen würde.
Als ich ich sie beim Mittagessen kennen lernte,
war ich nicht nur erfreut sondern auch etwas
erleichtert.
Sie war nicht bettlägerig!
Bei dem schönen Wetter war sie den ganzen Tag
im Garten und kam nur zu den Mahlzeiten ins
Zimmer. Für ihre zweiundneunzig Jahre war sie
noch sehr agil, sie ging zwar mit einem Gehwagen
umher, aber nur aus Sicherheitsgründen, da auch
sie sich, wie sie uns erzählte, den Oberschenkelhals
gebrochen hatte..
Sie war sehr freundlich und überaus liebenswürdig.
Ich war so froh, dass Mutti wieder jemanden im
Zimmer hatte, die nicht an Demenz litt. Ich hatte
die große Hoffnung, dass sie auf Mutti aufpassen
würde.

Nach der Aufnahme und dem Mittagessen durfte
Mutti sich ins Bett legen. Oliver litt an einer sehr
starken Erkältung und Heuschnupfen. Er war froh,

als ich das Zeichen zum Aufbruch gab. Aber erst mal wollte ich mich noch mit der Dame auf dem Flur unterhalten. Es ließ mir einfach keine Ruhe, wieso sie dort so verstört saß.

Während Oliver noch bei Mutti blieb, ging ich auf den Flur und begrüßte sie freundlich. Sie sah mich erstaunt an. Obwohl sie nicht mehr wusste, wer ich war, war sie sehr zutraulich.

Sofort begann sie mit trauriger Stimme zu erzählen. Aus ihrer Stimme klang ihr ganzes Leid hervor. Den ganzen Tag müsste sie angeschnallt im Rollstuhl sitzen und auch nachts würde sie festgebunden.

„Ich bin vollkommen hilflos, "berichtete sie, „Tag und Nacht gefesselt!"

Sofort wollte sie hier raus und nach Hause.

Sie war völlig aus dem Häuschen und sehr, sehr aufgeregt. Ich sprach noch ein Weilchen mit ihr und versuchte sie zu beruhigen.

Was war denn bloß mit dieser netten Frau passiert?

Sicher, sie war auch im Krankenhaus schon etwas seltsam. Sie aß fast nichts, außer den Erdbeeren, die wir jeden Tag mitbrachten.

Aber das war doch kein Grund, sie hier zu fesseln! Wirklich, sehr merkwürdig das Ganze.

Es berührte mich nicht nur, sondern es flösste mir gewaltige Angst ein. Schließlich ging es hier auch um das Wohl meiner Mutter, die ich alleine hier zurücklassen musste. Ein seltsames Gefühl überkam mich, das ging doch alles nicht mit rechten Dingen zu!

Sorgenvoll verabschiedeten wir uns von Mutti und ich trichterte ihr noch mal ein, dass sie schellen müsste, wenn sie auf die Toilette wollte.

„Auf keinen Fall darfst du alleine aufstehen! „sagte ich in einem etwas strengeren Tone zu ihr.

„Du kannst noch nicht laufen, das musst du hier erst wieder lernen, du bist hier in der Reha!"

Ungläubig sah Mutti mich an, sie wusste natürlich nichts! Sie wusste nicht, wo sie war und wie sie hier hingekommen ist. Solange ich hier war, ging alles gut, aber was ist, wenn ich gleich weg bin?

Ich saß noch keine zehn Minuten mit meinem Sohn im Auto, als mich eine große Unruhe überfiel.

„Ich hätte doch bei Omi bleiben sollen," sagte ich zu Oliver.

Er hatte Verständnis für mich, war aber auch sehr froh, dass er nach Hause kam.

Auch ich war hundemüde. Ich hatte in der Nacht sehr schlecht geschlafen, und der Morgen hatte es schon wieder in sich, sehr aufregend und Ereignisreich. Ich war total erledigt und sehnte mich nach meiner Couch, musste mich unbedingt ein bisschen aus-ruhen. Ich konnte ja auch nicht immer nur an Mutti denken, sondern musste auch auf andere Rücksicht nehmen. Ich konnte schon froh sein, dass Oliver die viele Zeit für mich geopfert hatte. Dafür war ich ihm sehr dankbar.

Zu Hause legte ich mich, nachdem ich ein wenig gegessen hatte, sofort hin. An meiner Wange pochte der Nerv, der mich immer, aber besonders bei Aufregung quälte. Ich versuchte ein wenig zu schlafen, aber ohne Erfolg. Ich konnte mich einfach nicht entspannen, war total unruhig, sah Mutti in Gedanken schon wieder auf dem Boden liegen.

Am Tag vor ihrer Entlassung aus dem Krankenhaus war der Katheter gezogen worden. Mutti würde bestimmt versuchen, wenn sie aufs Klo musste, aufzustehen. Auf keinen Fall wollte sie ins Bett machen. Das war ihre größte Sorge und bloß nicht jemandem zur Last fallen.

Oh Gott, war ich unruhig!

Innerlich schimpfte ich mit mir. Wäre ich blöde Kuh doch bloß dort bei ihr geblieben, dann hätte ich gesehen, wie alles läuft. Werner wäre bestimmt am Abend mit dem Auto gekommen, um mich abzuholen.

Meine Gedanken versetzten mich regelrecht Panik.

Ich musste erst mal mit Werner sprechen, deshalb ging ich zum Telefon, wählte seine Nummer und war froh als ich seine Stimme hörte.

Er versuchte mich zu beruhigen.

„Mach dich doch nicht so verrückt!"

„Weißt du was, heute Abend komme ich so schnell wie möglich nach Hause und dann fahren wir noch mal hin," versprach er.

„Würdest du das wirklich tun!"

„Das wäre wirklich super!" sagte ich erfreut.

„Natürlich, ruhe dich erst mal aus, bis nachher."

„Danke, danke bis bald."

Erleichtert legte ich den Hörer auf und atmete tief durch. In eineinhalb Stunden wäre Werner hier. Wenn ich mich dann davon überzeugt hätte, dass es Mutti gut ging, könnten wir beruhigt wieder nach Hause fahren. Danach wollte ich mich erst mal richtig ausschlafen.

Als wir bei Mutti ankamen, war es schon halb acht am Abend. Mutti lag schon im Bett und strahlte uns an. Ich war ja so froh, dass ihr nichts passiert war und ich sie so munter im Bett liegen sah. Doch wie entsetzt war ich, als wir dann feststellten, dass Mutti mit einem breiten Gurt um den Bauch am Bett festgebunden war!

Gleich fiel mir wieder die Frau ein, die ich bei unserer Ankunft am Vormittag auf dem Flur getroffen hatte.

Die Schwester, die kurz ins Zimmer kam, erklärte uns, dass der Arzt auf keinen Fall mehr ein Risiko eingehen würde! Die Gefahr, dass Mutti einfach aufstand, war zu groß!

War das denn erlaubt?

Konnte sie denn so einfach festgebunden werden?

Allerdings, das war mir bewusst, waren an ihrem jetzigen Bett, im Gegensatz zu dem Bett in dem sie im Krankenhaus gelegen hatte, nur sehr schmale Gitter. Zudem befand sich am Ende der Gitter, zwischen dem Gitter und dem Bettgestell ein breiter Schlitz. Bei Muttis letztem Aufenthalt hier waren die Gitter auch hochgestellt, doch Mutti war einfach durch den Schlitz gerutscht und aufgestanden. Mutti konnte ja jetzt, nach ihrem Oberschenkelbruch, noch nicht laufen und das Risiko, dass sie wieder aufstehen würde, war zu groß, das sahen wir ein.

„Aber was ist, wenn sie nachts wach wird, dringend muss und feststellt, dass sie angebunden ist und nicht aufstehen kann? Sie weiß doch nicht, dass sie schellen muss? Sie wird voll in Panik geraten, weil sie sich nicht nass machen will und schon gar nicht das Bett beschmutzen möchte! Wenn sie auch eine Windel um hat, sie wird unbedingt aufstehen wollen, denn einfach so in die Windel pinkeln kam für sie nicht in Frage! Die Situation muss doch ganz fürchterlich und schrecklich für sie sein!"

In Gedanken stellte ich mir vor, wie aufgeregt sie sein wird.

Werner sah mein bekümmertes Gesicht!

„Bestimmt," beruhigte er mich, „geben sie Mutti heute Abend wieder die Tropfen, dann schläft sie wahrscheinlich durch. Außerdem ist sie nicht alleine im Zimmer! Ihre Bettnachbarin wird bestimmt schellen, wenn sie unruhig wird!„

Wir verabschiedeten uns von Mutti, nicht ohne ihr noch einmal genau die Klingel erklärt zu haben und schärften ihr ein, dass sie nicht aufstehen darf!

Sie versprach es, aber als ich sie nach fünf Minuten noch einmal fragte, „Mutti, wenn du auf die Toilette musst, was machst du dann?"

Ihre so gütigen und lieben, blauen Augen sahen mich erstaunt an, als wenn sie sagen würden, „was für eine Frage?"

Sehr zaghaft kam die Antwort.

„Dann muss ich wohl aufstehen?"

Es war zwecklos, ihr alles noch einmal zu erklären.

Betroffen machten wir uns auf den Heimweg. Jetzt war ich eigentlich ganz froh, dass Mutti diese Tropfen bekam.

Am nächsten Tag hatte Werner frei. Wir fuhren schon morgens zu Mutti. Es war Wochenende, da gab es noch keine Therapie und da das Wetter so herrlich war, ein Tag war schöner als der andere und das schon seit Wochen, eigentlich schon, seit Mutti bei uns gefallen war, gingen wir mit ihr in den Park zum Teich und setzten uns auf eine Bank unter der Pergola und beobachteten die Goldfische, die gemächlich hin und her schwammen.

Hier war es so wunderbar ruhig und friedlich. Der Teich mit den vielen Wasserrosen, von denen viele voll erblüht waren und ringsum die herrlichen Blumenbeete ließen einem die Sorgen für eine kurze Zeit vergessen und die Seele baumeln lassen.

Überall um den Teich, in den schattigen Nischen, in denen bequemen Bänke standen, saßen Patenten mit ihren Besuchern und plauderten. Wir genossen diese Stunden am Teich mit Mutti sehr.

Zum Mittagessen brachten wir sie wieder zurück ins Zimmer. Während Mutti am Tisch saß und mit ihrer Zimmernachbarin die Mahlzeit einnahm, unterhielten wir uns ein wenig mit dieser netten, freundlichen, älteren Dame.

Wir versicherten ihr, wie froh wir seien, dass sie mit Mutti das Zimmer teilen würde.

Mit ihr konnte man sich wunderbar unterhalten, auch mit Mutti kam sie gut zurecht.

Nach dem Mittagessen wurde Mutti ins Bett gelegt, damit sie ihren Mittagsschlaf halten konnte. Wir gaben Mutti einen Kuss, „Tschüß Mutti, jetzt ruhst du dich ein bisschen aus und schläfst ein wenig. Heute Nachmittag sind wir wieder bei dir. Dann gehen wir wieder in den Park, zu dem schönen Teich."

Der Teich gefiel Mutti besonders gut und sie freute sich schon auf den Nachmittag. Obwohl sie fast alles vergaß, aber diesen Teich, an dem wir jeden Tag mit ihr saßen, vergaß sie nie. Noch Wochen und Monate später konnte sie sich an ihn erinnern.

Auf dem langen Flur, der nach draußen führte, trafen wir die Frau, die mit Mutti im Krankenhaus gelegen hatte und bei deren Anblick ich mich gestern so erschrocken hatte.

Sie war in Begleitung mehrerer Personen. Sie saß nicht mehr im Rollstuhl, sondern lief, mit ihren Begleitern, mit schnellem Schritt dem Ausgang entgegen. Das kam uns sehr merkwürdig vor. Es sah so aus, als wollte sie die Reha verlassen.

Wir sprachen sie und ihre Begleiter kurzerhand an und erfuhren die ganze Geschichte.

Die Dame neben ihr war ihre Tochter.

„Ja," sagte sie, „wir bringen meine Mutter jetzt nach Hause in ihre Wohnung. Meine Mutter hält es hier nicht aus."

„Kein Wunder," dachte ich, „wenn man den ganzen Tag so gefesselt im Rollstuhl sitzen muss und nachts auch noch im Bett angebunden wird, obwohl man schon ohne Probleme laufen kann!"

Die Tochter berichtete weiter.

„Die Ärzte hier in der Reha haben mich angerufen. Ich bin extra heute aus Hamburg gekommen und muss heute noch zurück. Meine Mutter sollte sich hier erholen, aber sie will hier nicht sein!

Einen Abend ist sie sogar ausgerissen! Sie ist wer weiß wie weit gelaufen, hat unterwegs die Leute angesprochen und sie gebeten, sie mitzunehmen. Sie wurde wieder zurückgebracht. Seitdem wurde sie ans Bett und den Rollstuhl fixiert, damit sie nicht wieder wegläuft. Sie verweigerte jedes Essen. Heute haben wir noch einmal mit ihr und den Ärzten ein Gespräch geführt, aber meine Mutter ist ein Dickkopf, was sie nicht will, das will sie nicht!"

Mir fiel ein, dass sie ja auch im Krankenhaus schon ausgebüxt war und fast nur die Erdbeeren, die wir mitbrachten, gegessen hatte. Dort wurde sie aber nicht fixiert und ist trotzdem bis zur ihrer Entlassung geblieben. Mit ein bisschen Geduld und Zuwendung wäre sie vielleicht auch hier geblieben. Sie tat mir sehr leid, denn sie hatte niemanden, der sich um sie kümmerte. Sicher war die Tochter auch jetzt nur notgedrungen und auf Drängen der Ärzte herbeigeeilt, damit sie sich um die Mutter kümmert. Da sie aber gleich, noch heute, wieder nach Hause muss, sind anscheinend andere Dinge wichtiger als ihre Mutter!

Wir nutzten die Gelegenheit und verabschiedeten uns von der alten Dame, wünschten ihr alles Gute und bedankten uns bei ihr, dass sie sich im Krankenhaus so lieb um Mutti gekümmert hatte.

Nur sehr kurz fuhr wir zu einem Schnellimbiss, aßen etwas, entspannten uns ein bisschen und fuhren wieder zurück zu Mutti in die Reha.

Der nächste Tag war ein Sonntag. Dieser Tag verlief ebenso, bei herrlichstem Wetter, wie der Tag vorher. Nachmittags kamen unsere Kinder. Ich hatte Kuchen mitgebracht. Nach dem Kaffee saßen wir alle am Teich. Mutti war glücklich, sie freute sich immer, wenn wir alle bei ihr waren. Ihre Augen strahlten besonders, wenn Melanie, ihr Urenkel, da war.

Am Montag ging es mit der Therapie los. An diesem Tag konnten wir jedoch nicht kommen, erst am Dienstag waren wir wieder bei ihr.

Bei unserer Ankunft sahen wir, dass Mutti an einem Gehwagen stand und versuchte, zusammen mit einer Therapeutin, das Laufen zu lernen.

Sie hing jedoch mehr an dem Wagen, mit dem Laufen klappte es im Moment so gut wie gar nicht.

Die Therapeutin eine sehr nette Frau mittleren Alters, erklärte uns, dass das Laufen mit der Zeit besser würde.

„Ihre Mutter kommt bestimmt wieder auf die Beine," beruhigte sie mich, als sie mein besorgtes Gesicht sah.

Die erste Woche verlief sehr gut.

Wir kamen jeden zweiten Tag, meistens schon morgens zu Mutti. Als wir dann sahen, dass Mutti morgens immer in einen Bastelkursus oder zu einer anderen Beschäftigung gebracht wurde, kamen wir erst am frühen Nachmittag zu ihr.

Dann ging es gleich in den Park, zu dem wundervollen Platz am Teich. Das Wetter war gleichbleibend schön. Wann hatte es mal so einen tollen Sommer gegeben?

Jeden Tag genossen wir mit Mutti draußen an der frischen Luft. Es war zwar sehr warm, aber nicht schwül, die große Hitze war bisher ausgeblieben. Hier am Teich, im Schatten der Pergola, konnte man es gut aushalten. Wie schön, dass es diese herrliche Anlage gab! Ab und zu spazierten wir auch mit ihr an dem Teich und den Anlagen vorbei, bis wir in ein kleines Wäldchen kamen. Erst zum Abendessen ging es wieder zurück ins Zimmer.

Während des Essens, eigentlich immer, wenn wir uns im Zimmer mit Muttis Mitbewohnerin trafen, unterhielten wir uns mit ihr. Für sie war es hier, wie sie uns bestätigte, eine sehr willkommene Abwechslung. Sie lebte alleine in ihrer Wohnung, denn sie hatte kaum Verwandte und auch keine Kinder.

Sehr erfreut stellten wir fest, dass sie sich mit Mutti prima verstand. Ich war der Dame so dankbar, dass sie sich so nett um Mutti bemühte. Besonders des Nachts, wenn Mutti unruhig wurde, weil sie aufstehen wollte, dann schellte sie. Das konnte man nicht hoch genug anerkennen, denn dann wurde sie ja jedes Mal im Schlaf gestört. Niemals beschwerte sie sich darüber, sie sagte, sie würde es gerne tun! Mit Sorge dachte ich schon an die Zeit, wenn sie nicht mehr hier sein würde. Schon in ein paar Tagen sollte sie entlassen werden.

Gleich zu Anfang bekam Mutti in der Reha wieder einen Katheter. Ich sah ja ein, dass es besser war. Dann brauchte Mutti nicht auf die Toilette und des Nachts konnte sie ruhig schlafen. Doch sie begriff es nicht! Hatte sie schon im Krankenhaus die Schwestern total genervt, hier war es das gleiche. Waren wir bei ihr, sagte sie jede viertel Stunde, wenn auch nur sehr zaghaft, um nicht lästig zu werden, "ich glaube ich muss!"
Ich zeigte ihr dann den Schlauch und den Beutel, der in ihrem Strumpf versteckt war, damit der Urin, der sich im Beutel ansammelte, nicht unangenehm aussah.
„Mutti, du hast einen Katheter!"
„Aber ich habe doch so ein Gefühl," kam es dann leise von ihren Lippen.
Jeden Tag war es das Gleiche. Was würde ich darum geben, wenn sie sich merken würde, das sie einen Katheder hat.
Obwohl ich und auch Werner sehr geduldig mit ihr waren, platzte mir einmal der Geduldsfaden und ich sagte ärgerlich zu ihr,
„Mutti, ich glaube, du willst dir das nicht merken!"
Entsetzt und maßlos traurig sah sie mich an, „ doch ich will es ja, ganz bestimmt will ich es, ich weiß auch nicht, warum ich es vergesse!"
Dass ich ärgerlich wurde, war sie von mir nicht gewöhnt, doch ich dachte, irgendwie muss sie es doch mal kapieren.
Nachher tat es mir unendlich leid!

So grob hätte ich nicht zu ihr sein dürfen!
Es ist nicht ihre Schuld!
Mutti war so lieb und geduldig, sie beklagte sich nie, ließ alles über sich ergehen, sie wollte es doch allen recht machen!

Nach der ersten Woche hatte Mutti sich schon ganz gut erholt und mit dem Laufen klappte es immer besser. Die Therapeutin hatte uns gezeigt, wie wir mit Mutti das Laufen üben konnten.
Immer, wenn wir da waren, drehten wir eine Runde mit ihr auf dem Flur. Wir hofften, dass Mutti möglichst schnell auf die Beine kam, dann konnten wir sie wieder zu uns holen.
Jede freie Minute kamen auch unsere Kinder vorbei. Dann gingen wir zusammen spazieren oder spielten, Mensch ärgere dich nicht , mit ihr.
Zwei sehr viel jüngere Schwestern von Mutti kamen zu Besuch. Beim Abschied sagte Mutti zu ihnen, „Das nächste Mal sehen wir uns, wenn ich wieder in meiner Wohnung bin!"

Oft, fragte Mutti mich, „meine Wohnung habe ich doch noch?"
„Natürlich," sagte ich zu ihr. Ich wusste aber, dort konnte sie nicht mehr sein, das war nicht mehr möglich, das konnten wir nicht mehr verantworten.
Wir Geschwister hatten uns schon des öfteren darüber unterhalten und uns entschlossen, die Wohnung aufzugeben, denn sie wohnte ja jetzt fest bei uns, wir wollten sie jedoch nicht damit belasten.

Jetzt, wo ich sah, dass alles gut lief, Mutti machte gute Fortschritte, entspannte ich mich wieder.

Wir fuhren in der Woche jeden zweiten Tag zu ihr.
An den Wochenenden waren wir jeden Tag dort.
Meistens machten wir uns dann schon am Vormittag auf den Weg. Wenn sie ihr Mittagessen bekam und nach dem Essen in ihrem Bett lag, um ihren Mittagsschlaf zu machen, setzten wir uns in unser Auto und fuhren wieder in den hübschen kleinen Ort an der Weser, setzten uns in das nette Restaurant, das wir schon öfters aufgesucht hatten.
Oder wir legten uns ganz einfach auf einer mitgebrachten Decke an das Ufer der Weser.
Hier zu liegen war herrlich!
Alle Sorgen ließ ich mit dem behäbig dahin fließendem Wasser des Flusses davon tragen.
Es tat so gut an nichts weiter zu denken, nur zu träumen.
Ich war guten Mutes!
Mutti würde bald wieder bei uns sein.

Es näherte sich der Tag, an dem die liebenswürdige Dame auf Muttis Zimmer entlassen wurde.
An diesem Tag konnten wir nicht bei Mutti sein.
Als wir am nächsten Tag zu ihr kamen, sahen wir schon beim öffnen der Zimmertür und als wir dann in den Raum traten, eine vollkommen hilflose, bettlägerige junge Frau im Bett liegen. Ihr Bett stand direkt neben Muttis Bett.
Es war ein Blick des Jammers, der sich uns bot.
Die Frau litt an Multipler Sklerose. Die Leiden dieser Frau mit ansehen zu müssen, war sehr deprimierend und stimmte einen sehr, sehr traurig.
Mutti war besonders mitfühlend und an ihrem Zustand merkten wir bald, dass es sie sehr mitnahm. Jetzt war auch niemand mehr da mit dem

sich Mutti unterhalten konnte, geschweige denn der auf sie aufpasste.

Während Mutti bisher ihre Mahlzeiten im Zimmer, gemeinsam mit ihrer Zimmernachbarin eingenommen hatte, wurde sie jetzt dazu auf den Flur geschoben. Dort saßen mehrere Patienten beim Mittagessen. Nach dem Essen kam sie auch nicht mehr ins Bett! Man ließ sie im Flur, fixiert an ihren Rollstuhl, sitzen.

Den ganzen Tag musste sie nun in dem sehr unfreundlichen Flur, den kein Tageslicht erhellte, verbringen. Sie sah nichts von dem schönen Sonnenschein, der es in diesem Jahr doch so gut meinte. Das war nicht nur öde und fad für Mutti, es war auch sehr anstrengend für sie.

Ich war immer froh, wenn der Tag, an dem wir nicht zu ihr konnten, vorbei war. Wenn wir am nächsten Tag früh genug bei ihr ankamen, sorgten wir immer dafür, dass Mutti wenigstens eine Stunde im Bett liegen konnte.

Dazu baten wir letztens einen Pfleger, den wir bisher noch nicht kennengelernt hatten, um Hilfe. Er war nicht dick, aber kräftig und sehr muskulös. Wahrscheinlich trainierte er oft an irgendwelchen Geräten.

Gekonnt, es machte ihm keine große Mühe, Mutti war ja auch ein zartes Persönchen, legte er sie ins Bett. Sie lag allerdings ein wenig zu tief. Deshalb griff er mit beiden Händen um ihre Taille und hob sie mit Schwung höher.

Mutti stöhnte laut auf!

Werner und ich sahen uns ungläubig und entsetzt an. So kann man doch nicht mit älteren, pflegebedürftigen Patienten umgehen! Das war hier doch kein Bodybuilding Training! Hoffentlich bekommt

sie jetzt nicht wieder ihre so gefürchteten Rückenschmerzen! Bis jetzt war sie davon verschont geblieben.
Ein sehr, sehr ungutes Gefühl beschlich mich.

Als wenn ich es geahnt hätte!
Als wir das nächste Mal zu Mutti kamen, hing sie
mühevoll und schmerzverzehrt an ihrem Geh-
wagen. Die Therapeutin, mit der sie gerade das
Laufen übte, sagte zu uns, „Ihre Mutter hat starke
Schmerzen!"
Sofort ging ich zum Stationsarzt und erzählte, was
geschehen war. Er ging natürlich nicht auf meine
Beschwerde ein.
Mutti hatte früher schon des öfteren an diesen
entsetzlichen Rückenschmerzen gelitten. Nur durch
ein bestimmtes Medikament konnten diese
Schmerzen behoben werden.
Ich versuchte dem Arzt unsere Erfahrungen mit
den Schmerzen zu erklären und bat ihn, Mutti das
Medikament zu verschreiben.
„Wir werden ihr schon etwas geben, wenn sie
Schmerzen hat," erklärte er, ohne auf meinen
Vorschlag einzugehen.

Nun war es mit Muttis Erholung endgültig vorbei.
Wenn wir in den nächsten Tagen kamen, saß sie
immer schmerzverzehrt und völlig zusammengesunken in ihrem Rollstuhl.
Diese Schmerzen in ihrem Rücken peinigten sie so
sehr, dass ihre ganze Kraft, die sie, um das Laufen
wieder zu lernen so nötig brauchte, dahin war.
Schon früher waren diese Schmerzen bei Mutti
aufgetreten. Nichts hatte geholfen! Zum Glück
fanden wir nach langer Suche einen Arzt in unserer

nächsten Großstadt, der ihr dieses Medikament verschrieb. Schon nach kurzer Zeit war Mutti schmerzfrei und blieb es auch, obwohl ich die Tabletten, wie der Arzt mir empfohlen hatte, nach einer gewissen Zeit ganz allmählich wieder absetzte.

Mein Vater war damals total verzweifelt gewesen und bat mich, „nimm Mutti mit zu euch, ich weiß nicht mehr, was ich mit ihr machen soll."

Wie erleichtert war ich damals, als ich sah, wie schnell die Tabletten wirkten und Mutti sich erholte. Auch ich war damals schon ziemlich mitgenommen, ich konnte es nicht ertragen, dass Mutti so leiden musste. Der Arzt hatte es bei unserem Besuch bei ihm erkannt und zu mir gesagt.

„Sie dürfen sich nicht so darein steigern, das sind die Schmerzen Ihrer Mutter, nicht Ihre!"

Nun gab es dieses Mittel, das Mutti zudem auch noch gut vertragen konnte, und der Arzt wollte es ihr nicht verschreiben!

Immer wieder ging ich zum ihm und bat ihn, Mutti die morphiumhaltigen Tabletten zu geben, damit die Schmerzen nachließen. Er bestand aber auf seine Tropfen, die überhaupt nicht halfen.

Ein oder zwei Stunden hatte sie vielleicht etwas Erleichterung, dann kamen die Schmerzen aber in voller Stärke zurück. Auf meine Bitten wurde die Dosis der Tropfen nur noch erhöht, was eine fatale Wirkung hatte. Das fand ich allerdings erst später heraus. Die Schmerzen blieben.

Zudem musste Mutti mit ihren Schmerzen den ganzen Tag im Rollstuhl sitzen. Ich war empört und ging wieder zum Stationsarzt, der dann doch veranlasste, dass sie mittags zwei Stunden im Bett liegen konnte. Wenn wir nun nachmittags kamen, lag Mutti noch im Bett.

Zu dieser Zeit erhielt ich auch einen Anruf aus der Reha. Ich musste entscheiden, was mit Mutti nach der Entlassung geschehen sollte. Unser nächster Besuch bei ihr führte mich gleich wieder zum Stationsarzt. Er erklärte mir, dass die Entlassung schon bald sein würde.

Ich war sehr erstaunt, dass nun alles so schnell gehen sollte! Mutti war ihnen sicher lästig! Die Probleme mit der Blase und nun noch die starken Rückenschmerzen.

Ein Gefühl, dass sie Mutti ganz schnell loswerden wollten, machte sich in mir breit!

Ausser zu den Sorgen um Muttis momentanen schlechten Zustand, war ich nun wieder ganz auf die Schnelle gezwungen eine Entscheidung zu treffen!

Natürlich wäre mir diese Entscheidung nicht schwer gefallen, hätte Mutti so gute Fortschritte gemacht wie am Anfang, bevor sie die Probleme mit dem Rücken bekam, dann wäre sie wieder zu uns gekommen.

Im Moment sah es aber so aus, dass Mutti, aufgrund der starken Schmerzen, mit dem Gehen große Probleme hatte und in der letzten Zeit kaum Fortschritte gemacht hatte. Alleine laufen konnte sie noch lange nicht! Vor lauter Schmerzen hing sie an ihrem Gehwagen und war froh, wenn sie wieder sitzen oder liegen konnte.

Wir versuchten deshalb auch schon nicht mehr sie am Nachmittag, wenn wir bei ihr waren, laufen zu lassen. Wenn die Schmerzen für sie einigermaßen erträglich waren, ließen wir sie lieber noch länger

im Bett liegen, bevor wir dann mit ihr für ein Stündchen in den Park gingen.
Abends, auf dem Weg von der Reha nach Hause brummte mir gewaltig der Schädel.

Bei meinem nächsten Gespräch mit dem Arzt erklärte ich ihm, dass die Pflege am Tag für mich, wenn Mutti wieder bei uns wohnte, nicht so das Problem wäre. Die Nacht machte mir ziemliche Sorgen und Kopfzerbrechen. Mir war klar, dass Mutti unbedingt aufstehen würde, wenn sie auf die Toilette wollte. Das sie noch nicht laufen konnte, käme ihr überhaupt nicht in den Sinn. Alles, was sie in der letzten Zeit erlebt hatte, hätte sie bei uns vollkommen vergessen. Als sie noch bei uns wohnte, ist sie meistens vier Mal in der Nacht aufgestanden.
Wie sollte ich das bewerkstelligen?
Der Tag würde mich schon so beanspruchen, dass ich nachts unbedingt meinen Schlaf brauchen würde. Dazu kam noch, dass wir oben schliefen. Muttis Zimmer befand sich aber unten im Erdgeschoß. Immerzu würde ich horchen, ob es unten ruhig ist, aber auch wenn es ruhig war, könnte ich keine Entspannung finden. Ich würde mir Gedanken machen, ob sie vielleicht doch schon versucht hatte aufzustehen und dabei vielleicht schon gestürzt war.
Als Mutti zu uns kam hatten wir für sie in dem Reihenhaus, in dem wir wohnen, im Erdgeschoß ein Zimmer eingerichtet. Das Zimmer diente eigentlich als Büro, es wurde aber früher schon als Schlafzimmer für unseren Sohn und unsere Schwiegertochter genutzt.

Auf der oberen Etage hätte Mutti auch schlafen können. Wir befürchteten allerdings, da sie so oft taumelig war, dass sie des Nachts, wenn es dunkel war, die Treppe runterstürzen könnte. Die Treppe befand sich direkt neben dem Zimmer.
Was sollte ich jetzt machen?
Wie sollte ich mich entscheiden?
Werner konnte ich auch nicht zumuten, sich die Nächte um die Ohren zu schlagen. Er ging morgens arbeiten, da musste er ausgeschlafen sein. Zudem hatte er in den letzten Wochen schon sehr viel Zeit für mich geopfert.

Auf meine Frage an den Arzt, was ich nachts machen könnte, wenn ich Mutti zu uns holte, sagt er ohne mit der Wimper zu zucken, „ lassen Sie doch ihre Mutter nachts aufstehen, ich würde sie nicht fixieren. Wenn sie dann hinfällt, ist das Schicksal!"
Ich war schockiert!
Ich soll meine Mutter, die ja noch nicht laufen konnte, absichtlich hinfallen lassen!
Weiß dieser Arzt denn, wovon er spricht, was er mir da zumutet!
Ich kann Mutti doch nicht einfach ihrem Schicksal überlassen. Das wäre ja nach meiner Ansicht kein Schicksal, das wäre vorsätzliche Körperverletzung! Die Einstellung des Arztes fand ich schon sehr makaber.
Nein, das ging absolut nicht, das konnte ich nicht übers Herz bringen, ich würde überhaupt nicht zur Ruhe kommen, an erholsamen Schlaf wäre nicht zu denken!

Fixieren, also sie ans Bett anbinden, würde ich auch nicht fertigbringen. Da bekäme ich auch keinen Schlaf, ich wäre immer auf den Beinen.

Wo aber sollte ich so kurzfristig ein gepflegtes Heim finden, wo ich Mutti guten Gewissens unterbringen konnte?

Schon allein die Vorstellung, Mutti in ein Heim zu geben, machte mir nicht nur ein schlechtes Gewissen, es machte mir regelrecht Pein.

Das Gespräch mit dem Arzt hatte am Morgen stattgefunden. Werner musste nachmittags arbeiten, deshalb fuhren wir mittags direkt ins Geschäft.

Mein Kopf und mein Nacken schmerzten von der Anspannung so sehr, dass ich beschloss, einen kleinen Bummel durch die Fußgängerzone der Kleinstadt zu machen. Vielleicht kann ich mich dabei ein wenig entspannen und einen klaren Gedanken fassen.

Ich komme an einem Buchladen vorbei, gehe hinein und stöbere ein bisschen in den Auslagen herum. Dabei fällt mir ein Buch in die Hand.

Ich lese. „Entscheide schnell, möglichst sofort was du willst!"

Spontan denke ich, „ich möchte Mutti zu uns nach Hause holen" und entscheide mich sofort dafür.

Dieser Gedanke macht mich wirklich ganz ruhig.

Den ganzen Nachmittag und auch am Abend bin ich zwar ruhig, aber immer noch so angespannt, dass ich erst mal nicht einschlafen kann und mich im Bett hin und her wälze. Als es dann endlich mit dem Einschlafen geklappt hat, wache ich gegen zwei Uhr wieder auf. Sofort überfallen mich wieder meine Gedanken und mir kommen Zweifel.

Ob ich es schaffen würde, Mutti zu Hause bei mir zu pflegen?

Dieser Gedanke raubt mit erst mal wieder meinen Schlaf. Ich nehme mir vor, am Morgen mehrere Heime anzurufen.

Die Nacht war nicht erholsam für mich. Ich bin noch einige Male aufgewacht und morgens schon völlig fertig.

Gleich nach dem Frühstück telefoniere ich mit der Krankenkasse und einigen Heimen. Ein Heim konnte ich nicht erreichen, da es aber in der Nähe unseres Wohnorts liegt, entschließen wir uns kurz, mit dem Auto hinzufahren. Werner nimmt sich eine Stunde Zeit für mich.

Auf den ersten Blick macht es einen guten Eindruck. Wir glauben, dass Mutti hier gut aufgehoben wäre. Es soll ja nicht für immer sein, nur für vier Wochen, bis sie wieder sicherer auf den Beinen ist. Die Heimleiterin versichert uns, dass die Bewohner in ihrem Pflegeheim Laufttherapien bekommen. Sie würden viel Wert darauf legen, die Patienten wieder zu mobilisieren. Diese Auskunft beruhigt mich sehr.

Der Ort, in dem sich das Heim befindet, liegt nur zwei Kilometer von uns entfernt. Jeden Tag könnte ich schon am Morgen bei Mutti sein. Das Problem ist nur, dass kein Platz frei ist, es gibt dort eine Warteliste.

Nachmittags sind wir wieder bei Mutti. Sie liegt noch im Bett, als wir kommen. Sie hat große Schmerzen, aber trotzdem huscht ein kleines Lächeln über ihr Gesicht, als sie uns sieht. Im Bett

ist sie immer, auch am Tage, fixiert. Sie ist also gezwungen, nur auf dem Rücken zu liegen.
Ich gehe zum Arzt und frage, ob der Gurt Schuld an Muttis Rückenschmerzen ist? Er verneint.
Mit dem Arzt spreche ich noch mal alles durch. Heute hat er Verständnis für meine Sorgen. Eventuell ist es möglich, dass Mutti etwas länger bleiben kann.
Nach dem Gespräch bin ich etwas lockerer. Seit gestern hat Mutti auch keinen Katheter mehr, im Moment machen sie mit ihr ein Blasentraining. Dazu wird sie alle zwei Stunden zur Toilette gebracht.
Ich mache mir Gedanken, wie es wird, wenn Mutti bei uns ist?
Heute war der Arzt der Meinung, dass ich Mutti nachts fixieren und ihr eine Windel umtun soll. Aber ich weiß schon jetzt, Mutti würde das nicht wollen. Bei nächster Gelegenheit würde sie sich die Windel abmachen. Auf keinen Fall würde sie in die Windeln machen und schon gar nicht ins Bett! Sie würde versuchen, den Gurt zu öffnen. Was für eine Qual, wenn sie nötig muss und nicht aufstehen kann, weil sie festgebunden ist. Ich stelle mir das schrecklich vor.
„Nein, das geht einfach nicht."
Als wir abends zurückfahren, bin ich schon wieder voller Sorgen. Mutti war heute allein auf dem Zimmer. Wir sind mit ihr in den Park gegangen. Nach kurzer Zeit ist sie schon schrecklich müde. Der schöne Teich, an dem sie immer so gerne sitzt, interessiert sie heute nicht. Sie verlangt nur nach ihrem Bett. Kurz entschlossen sind wir wieder zurück ins Zimmer gegangen und haben sie auf ihr Bett gelegt, obwohl wir, laut Pflegerin, nicht dazu

berechtigt sind. Mutti war so fertig, dass sie sofort einschlief. Nach gut einer halben Stunde ging es ihr besser und Werner hat sie wieder in Ihren Rollstuhl zurückgesetzt.

Mutti tat uns so leid!

Sie soll immer warten, bis die Schwester sie ins Bett bringt, aber bei den Schmerzen hält sie das nicht aus!

Als wir abends gehen und uns von Mutti schon verabschiedet haben, gehe ich, als wir uns schon in dem langen Flur befinden, noch zwei Mal zurück und sehe nach ihr. Ich hab so ein ungutes Gefühl, wenn sie so ganz alleine in ihrem Rollstuhl vor ihrem Bett sitzt und auf die Schwester warten muss. Wir haben ihr wieder die Klingel erklärt, aber sie wird es sicher wieder vergessen.

Schließlich entscheiden wir uns doch zu gehen, denn es ist schon spät.

Dass es in der Reha eine Nachtschwester gibt, die nach Mutti sieht, ist eine große Beruhigung für mich. Ich werde zu Hause keine Nachtschwester haben!

Oh Gott, was soll ich tun!

Wie soll ich mich entscheiden!

Heute lege ich all meine Probleme in deine Hände!

Seit letztem Montag sind aufregende Tage vergangen. Mittwoch versuche ich meinen arg vernachlässigten Haushalt ein wenig zu ordnen. Morgens telefoniere ich mit meiner Schwester. Sie hat auch eine Menge Probleme. Mit allem, was ich entscheide, ist sie einverstanden.

Aber wie soll meine Entscheidung aussehen?

Es soll zum Wohle meiner Mutter sein!

Im Moment liegt alles an mir!

Vielleicht ist es doch am besten, wenn ich mich für ein Heim entscheide?

Natürlich nur für vier Wochen!

Bei meinen letzten Gesprächen mit dem Arzt in der Reha war der sowieso der Meinung, dass Mutti in einem Heim besser aufgehoben wäre. Er meinte, mir würde die Pflege nach einer gewissen Zeit über den Kopf wachsen.

Doch bei dem Gedanken, Mutti in ein Heim zu geben, plagt mich sofort wieder mein Gewissen!

„Du kannst doch nicht einfach deine Mutter in ein Heim abschieben!"

„Sie hat doch für dich auch so viel getan!"

Nein, so einfach kann ich das nicht!

Heute wollte ich mich eigentlich entspannen und in Ruhe über die Sache nachdenken. Geht aber nicht, ich bin schon wieder ganz kribbelig. Um mich auf andere Gedanken zu bringen, entschließe ich mich erst mal einkaufen zu gehen, obwohl die Wäsche im Keller auch darauf wartet, gewaschen zu werden.

Warum bin ich bloß so hektisch?

Erst als ich das nötigste im Haushalt erledigt habe und am Nachmittag im Garten arbeite, werde ich ruhiger. Morgen haben wir einen Termin in dem Heim, das wir uns neulich schon einmal angesehen hatten. Ich hoffe, dass ich mich dann zu einer Entscheidung durchringen kann.

Der Termin im Heim ist um zwölf Uhr. Wir müssen etwas warten. Ich bin schon wieder ganz nervös.

Die Heimleiterin der Residenz, eine kleinere, etwas korpulente Person mittleren Alters, ist sehr nett. Sie trägt zu ihrer schwarzen Jacke einen langen, schwarzen Rock. Ihre dunklen Haare hat sie kurz geschnitten.

In Ruhe besprechen wir alles, aber ich bin so aufgewühlt, dass mir die Tränen kommen. Schnell schlucken, damit man mir nichts anmerkt!

In diesem Heim, in einem Zweibettzimmer, das sich in der ersten Etage befindet, könnte Mutti für vier Wochen eine Unterkunft bekommen. Die Heimleiterin zeigt uns das Zimmer, mit Blick in den Garten. Wir gehen kurz auf den Balkon, der sich um die ganze Front des hinteren Hauses zieht, und schauen auf eine größere Rasenfläche. Mitten in der Rasenfläche befindet sich ein großer Teich, über den sich eine breite Brücke spannt. Auf der Brücke steht wiederum ein hübscher Pavillon. Alles sieht sehr gepflegt aus. Ein äußerst schönes Bild, dass sich da uns präsentiert.

Das Zimmer, für zwei Personen, ist eher klein, aber gemütlich. Ich kann mich allerdings, obwohl es mir gut gefällt, nicht sofort entscheiden. Mein Gewissen meldet sich wieder und gibt keine Ruhe. Ich bitte die Heimleiterin um Bedenkzeit.

Auch bei unserer ersten Besichtigung, vor circa drei Wochen, hatte es uns schon sehr gut gefallen. Die Eingangshalle machte einen freundlichen Eindruck. Sie war mit vielen, gemütlichen Sitzecken ausgestattet. Überall standen kleinere und größere Grünpflanzen. Hier befand sich auch, an der linken Seite des Raumes, der Empfang. Die Dame an der Rezeption war sehr freundlich und gab uns die Erlaubnis, uns alles in Ruhe anzusehen.

An beiden Seiten der Eingangshalle befanden sich Flure. Geradeaus war ein Aufzug und ein Treppenhaus, die in die oberen Etagen führten.

Wir liefen als erstes den Gang, der sich an der linken Seite befand, ganz nach hinten durch und kamen in den großen, goldenen Speisesaal. Wir staunten nicht schlecht über die sehr elegante und freundliche Einrichtung in diesem Raum. Von jeder Essgruppe aus hatte man einen wunderbaren Blick in den Garten mit den gemütlichen Sitzgruppen und den vielen weißen Sonnenschirmen. Den Garten, der am Eingang des Gebäudes lag, konnte man auch vom Speisesaal aus erreichen.

Ein kleinerer, etwas einfacherer Speisesaal, befand sich direkt an der linken Seite des Flures.

Gegenüber, des kleineren Speisesaals, an der rechten Seite, sahen wir in den sehr großen Saal, der hauptsächlich für Veranstaltungen, aber auch für andere Zwecke genutzt wurde. In diesem Raum stand vorne ein schwarzes Klavier.

Wir durchquerten wieder die Empfangshalle und besichtigten die Räume, die an dem rechten Flur lagen. Hier gab es ein Musikzimmer, ausgestattet mit sehr ansprechende, gemütlichen Sitzgruppen. An der linken Wand des Musikzimmers war ein großes Bücherregal angebracht. Es war voll mit Büchern und interessantem Lesestoff. Für jeden Geschmack war etwas dabei. Auch in diesem Raum gab es ein Klavier. Der Raum machte einen sehr gemütlichen Eindruck. Er wurde auch als kleines Café und für Spielnachmittage in Anspruch genommen. Am Ende dieses Flures kamen wir zu den Behandlungsräumen, zu einem Friseursalon und zu einem kleinen Kiosk.

Besonders gut gefiel uns der gemütliche Pavillon, der sich hinter dem Gebäude befand und den wir schon von oben, vom Balkon aus, gesehen hatten. Der Pavillon stand auf einer Brücke, die zwei

Gebäude miteinander verband. Unter der Brücke war ein große Teich. Der Pavillon war auch wieder mit gemütlichen Sitzecken möbliert und auch hier stand ein Klavier. Es war zu schön, von hier aus den vielen Goldfischen zuzusehen, die sich in dem großen Teich tummelten. Auch in diesem Teich blühten viele Seerosen. Ja, das war schön. Es gefiel uns.

Die nähere Umgebung bot sich wunderbar an, kleinere oder größeren Spaziergängen zu machen.

Die Residenz lag in einem gepflegten Wohngebiet mit gepflegten Parkanlagen, die in ein kleines Waldstück mündeten.

Nicht nur im Sommer, eigentlich bei jeder Jahreszeit konnte man sich hier wohl fühlen.

Nach unserem Gespräch mit der Heimleiterin fuhren wir wieder zu Mutti in die Reha.

Acht Wochen waren nun schon vergangen, seit sie bei uns gefallen war. Jetzt war es Mitte Juli, das Wetter war nach wie vor super. Ein richtig herrlicher Sommer.

Abgesehen von ihren Rückenschmerzen war Mutti heute, wider erwarten, gut drauf. Wir gingen gleich an ihren Lieblingsplatz am Teich. Sie sah so gerne den Goldfischen zu.

Auch für uns war der Platz am Teich immer wieder eine willkommene Abwechslung. Ich ließ Werner und Mutti aber erst mal alleine am Teich sitzen und führte ein interessantes Gespräch mit Muttis Therapeutin.

Ich erzählte ihr von meinem Problem.

Dass wir jetzt zwar ein Heim gefunden hätten, in dem Mutti zur Kurzzeitpflege aufgenommen werden könnte, es aber immer noch mein Wunsch war, Mutti gleich nach der Reha zu uns nach Hause zu holen.

„Ich möchte es immer noch, aber ich weiß nicht, ob ich es in der momentanen Situation schaffen werde," erkläre ich ihr.

„Wollen Sie wirklich Ihre Mutter zu sich nach Hause holen? Überlegen Sie sich das gut," gab sie mir zu bedenken.

„Ich weiß im Moment einfach nicht, was ich machen soll. Ich bin hin und her gerissen. Allein der Gedanke, sie in ein Heim zu geben, macht mich krank, ich bekomme furchtbare Gewissensbisse!" antwortete ich.

„Für Ihre Probleme habe ich vollstes Verständnis! Ich weiß Bescheid, auch ich hatte alte Eltern. Was sie jedoch auch tun, wofür sie sich entscheiden, sie werden sich immer Vorwürfe machen, denn man kann nicht allem und jedem gerecht werden. Wer pflegt, hat Schuld! Wenn sie ihre Mutter zu sich nehmen und sie fällt, machen sie sich auch Vorwürfe!"

Für dieses Gespräch war ich sehr dankbar, denn ich konnte es drehen und wenden wie ich wollte, was besser sein würde konnte ich im Moment nicht wissen.

Ich ging wieder zurück zum Teich. Von den Ereignissen des Tages brummte mir gewaltig der Kopf und der Nerv in meiner Wange machte sich wieder sehr unangenehm bemerkbar. Dazu überfiel mich eine immense Nervosität, die sich im Moment nicht abstellen ließ.

Am Teich versuchte ich Mutti so viel wie möglich trinken zu lassen und ging mit ihr alle zwei Stunden zur Toilette, wegen dem Blasentraining.

Am Abend legten wir sie dann gleich nach dem Abendbrot ins Bett. Das machten wir jetzt immer so. Mutti war von den Rückenschmerzen und den starken Medikamenten so müde, dass sie dauernd, schon am Nachmittag, nach dem Bett verlangte. Wir wollten nicht warten, bis die Schwester kam, um sie hinzulegen. Mutti war froh, wenn sie im Bett war.

Auf dem Weg nach Hause erzählte ich Werner von meinem Gespräch mit der Therapeutin. Während der Fahrt besprachen wir alles noch mal genau.

Ich bin sehr abgespannt!
Seit Wochen sind wir jeden, oder jeden zweiten Tag unterwegs. Im Augenblick wünschte ich mir nichts sehnlicher, als mal wieder ganz normal und ohne Probleme in Ruhe leben zu können.

Diese Entscheidungen, die ich treffen muss, treffe ich ja auch nicht für mich, sondern für jemanden anders, für meine Mutter, und ich wollte das Richtige machen!

In der Nacht schlafe ich sehr schlecht.
Morgens, schon sehr früh, sehen wir uns ein anderes Heim an, das in einem anderen Ort, aber nicht weit von uns liegt.

Wir bleiben nicht lange, schon der erste Eindruck ist so fürchterlich, auf keinen Fall kommt Mutti dort hin!

Ich entschließe mich schließlich für das Heim, das uns so gut gefallen hat.

Nachmittags gehe ich einkaufen, treffe auf dem Rückweg eine Nachbarin. Sie erzählt von ihrer Mutter, die zufällig für kurze Zeit in dem Heim gewesen ist, für das ich mich gerade erst für Mutti entschieden hatte.

„Dort hat es ihr überhaupt nicht gefallen, sie wollte unbedingt wieder weg! „ berichtet sie mir.

Dieses Gespräch macht mich wieder vollkommen durcheinander. Zu meinen Zweifeln kommen wieder immense Gewissensbisse in mir hoch.

Was nun!

Was soll ich machen?

In der nächsten Nacht schlafe ich kaum und denke, nun kommt Mutti zu uns. Mein Endschluss kommt gehörig ins Wanken, als wir am Nachmittag in die Reha kommen.

Die Stationsschwester kommt uns schon entgegen. Sie möchte gleich ein Gespräch über Mutti mit mir führen.

Bis jetzt hatte ich ihnen noch keine endgültige Anweisung über Muttis bevorstehenden Aufenthalt gegeben. Sie wissen nur von meinem Wunsch, Mutti zu mir zu nehmen.

Wir werden von der Stationsschwester in das Ärztezimmer geführt. In diesem Zimmer habe ich mich schon einige Male mit dem Stationsarzt unterhalten. Sie rät mir voll davon ab, Mutti zu uns zu holen.

„Wissen Sie, was da auf Sie zukommt!" betont sie. „Wie wollen Sie das den alleine schaffen?

Ihre Mutter ist ein vollkommener Pflegefall, sie muss rund um die Uhr betreut werden!"

Im Moment weiß ich keine Antwort, ich weiß überhaupt nicht mehr, was ich machen soll!

Es ist doch einfach zu blöde, jedes Mal, wenn ich eine Entscheidung getroffen habe, bringt mich wieder jemand ins Wanken.

Besonders in der Nacht quälen mich meine Gedanken. Wenn ich gar nicht zur Ruhe komme, stehe ich auf und schreibe kleine Bittzettel an den

lieben Gott, er möge mir helfen, die richtige Entscheidung zu treffen..
Alles was mich bewegt und bedrückt, schreibe ich nieder. Danach werde ich ruhiger.

Nun kommt noch das Wochenende.
Samstag und Sonntag sind wir wieder bei Mutti.
Sie kann schon, trotz der Schmerzen, wesentlich besser mit dem Gehwagen laufen als am Anfang.
Sie ist aber immer soo müde!
Kaum ist sie aus dem Bett, möchte sie wieder gleich rein. Unsere Kinder sind auch da. Muttis Gesicht bekommt trotz der Schmerzen einen ganz freudigen Ausdruck und ein kleines, winziges Lächeln erhellt ihre abgespannte Züge, wenn sie Melanie sieht.

Am Sonntagmorgen machen wir noch einmal einen Abstecher in das Heim, für das ich mich kürzlich entschieden hatte.
In dem schönen Pavillon mit den bequemen Sitzmöbeln, von dem man einen tollen Blick auf den Teich mit den Seerosen und den vielen Goldfischen hat, sitzt eine ältere Dame. Wir sprechen sie an und wollen wissen, wie es ihr hier gefällt. Sie berichtet uns, dass sie schon neunzig Jahre alt ist. Sie ist noch sehr rüstig und gut auf den Beinen, auch nicht, wie es den Anschein hat, so vergesslich wie Mutti.
Sie sagt, es würde ihr hier gut gefallen, sie fühle sich hier sehr wohl. Es gäbe schöne Räume, in denen sie sich im Winter oder auch im Sommer, wenn das Wetter mal nicht so gut ist, gut aufhalten.
„Besonders schön ist es im Sommer draußen im

Garten oder hinter dem Haus am Teich. Dort ist es herrlich," betont sie.

„In der Woche gibt es viele Veranstaltungen an denen sie teilnehmen kann. In dem großen Saal finden oft wunderbare Konzerte statt." Vor einiger Zeit hat sie selbst entschieden, dass sie in dieses Heim möchte.

Diese Entscheidung musste ich nun für Mutti treffen!

Ich weiß genau, dass Mutti mit dem, was ich entscheide, einverstanden ist. Nie würde sie sich beklagen oder beschweren. Gerade dass sie so selbstlos ist, macht mir alles noch viel schwerer.

Unsere Erfahrungen in letzter Zeit haben uns gezeigt, dass man, solange man einigermaßen fit ist, besonders im Kopf, fast überall gut aufgehoben ist und zurecht kommt. Sobald man aber Pflege brauchte und dazu noch vergesslich ist, ist man vollkommen aufgeschmissen und den jeweiligen Personen, die einen Pflegen, völlig ausgeliefert.

Nun war der Zeitpunkt gekommen, wo ich mich schleunigst für etwas entscheiden musste!

Eines war mir völlig klar, nachts musste Mutti unter Aufsicht sein, sonst würde sie bald wieder stürzen und sich etwas brechen. Das wollte ich unter allen Umständen vermeiden.

Ich rief die Heimleiterin an und bat um die Aufnahme für Mutti, für vier Wochen. Danach, glaubte ich fest, hatte Mutti sich so gut erholt, dass sie wieder zu uns kommen konnte.

Diese Hoffnung gab ich nicht auf.

Am Telefon bestätigt mir die Heimleiterin, dass Mutti kommen könnte, sie wollte mich allerdings vorher noch einmal zurückrufen.

Nun war die Entscheidung gefallen!
Jetzt hätte ich mich entspannen können!
Aber wieder blieb in mir ein Rest von einem unguten Gefühl, das mich nicht verlassen wollte, obwohl ich mir die größte Mühe gab, alles in einem positiven Licht zu sehen.
Oft denke ich, wie manche Leute so schnell und einfach ihre Eltern in einem Heim unterbringen.
Warum machte mir dieser Entschluss so schwer zu schaffen? Nicht nur ich, nein wir alle liebten unsere Mutti und wollten das Beste für sie.

Eigentlich bin ich nun froh, dass Mutti bald aus der Reha entlassen wird. Anstatt besser, ging es ihr in letzter Zeit immer schlechter. So hinfällig wie im Moment war sie selbst nicht, als sie sich das Bein gebrochen hatte.
Bestimmt liegt das an den Medikamenten, und natürlich an den entsetzlichen Schmerzen!
Ich kann immer noch nicht verstehen, dass der Arzt sich weigert, ihr das Mittel zu geben, welches sie früher, wenn sie von den Schmerzen geplagt wurde, bekommen hatte. Be richtiger Anwendung wären die Schmerzen schon lange vergessen. Da bin ich mir ganz sicher! Immer hatten wir damit Erfolg gehabt. Mutti wäre längst auf den Beinen und könnte nun zu uns kommen.
Hoffentlich ist im Heim alles in Ordnung!
Ich möchte mich so gerne mal richtig ausruhen!
Ich bin gespannt, wie es Mutti heute geht? Am Montag waren wir nicht bei ihr.

Mutti sitzt im Flur, als wir ankommen.

Als ich sie sehe, schnalle ich voll ab!

Von ihrem Anblick bin ich so entsetzt, ich kann einfach nicht fassen, was mir dort entgegenblickt.

Ich bin zutiefst erschrocken!

Was ist mit Mutti geschehen?

Sie hat keine Zähne im Mund. Ihr zahnloser Mund grient mich erfreut an.

Um Gottes Willen, wie sieht sie bloß aus?

Es sind nicht nur die Zähne, die sie nicht im Mund hat, die sie so anders, so vollkommen fremd, erscheinen lassen!

Ich habe Mutti früher schon oft ohne ihre Zähne gesehen, dann war ihr Mund zwar ein wenig eingefallen, mehr aber nicht.

Heute jedoch sieht sie nicht mehr aus wie Mutti!

Nach der Begrüßung hauche ich nur einen kleinen Kuss auf ihre Wange, schnappe mir schnell ihren Rollstuhl, um sie auf ihr Zimmer zu bringen. Auf dem Gang kommt uns der Stationsarzt entgegen. Als er mein entsetztes Gesicht sieht sagte er, „ich habe im Moment keine Zeit, komme gleich ins Zimmer!"

Im Zimmer versuche ich Mutti die Zähne in den Mund zu schieben. Es gelingt mir nicht. Das obere Gebiss hängt total schief an ihrem Gaumen und klappt gleich wieder runter.

Ich bin völlig aufgelöst!

„Was ist geschehen!"

„Wie ist sie bloss in diesen desolaten Zustand gekommen?"

Als wir am Sonntag hier waren, hat Mutti doch noch mit unseren Kindern „Mensch ärgere Dich nicht" gespielt. Wir haben am Teich gesessen und erzählt. Mutti machte zwar einen müden, aber sonst ganz normalen Eindruck!

Jetzt kommt sie mir vor, als wenn sie total übergeschnappt ist.

Der Arzt kommt ins Zimmer.

Er erklärt uns, dass diese Zustände des verwirrt sein schon öfters bei Mutti aufgetreten sind.

„Es wird immer mehr werden. Es kann gut möglich sein, dass Ihre Mutter sie bald nicht mehr erkennt," sagt er ganz ruhig zu uns und findet, dass Muttis Zustand ganz normal ist.

Ich bin total entsetzt und erst mal sprachlos!

Muss das, was der Arzt uns da berichtet, erst mal verarbeiten, aber glauben kann ich es nicht!

Mutti schaut uns an, ohne etwas zu begreifen.

Nachdem der Arzt das Zimmer verlassen hat, entschließen wir uns, mit Mutti in den Garten, an den Teich zu gehen.

Während wir sie in ihrem Rollstuhl dort hin schieben, wirft sie ihre Füße mit Schwung nach vorne, sodass ihre Schuhe, die wir ihr nur mit Mühe anziehen konnten, wegfliegen. Schnell heben wir die Schuhe auf und versuchen sie ihr wieder anzuziehen. Kaum hat sie die Schuhe wieder an, fliegen sie schon wieder durch die Gegend. Auch ihre Zähne, die ich ihr wieder einzusetzen versuchte, rutschen raus und landen auf ihrem Schoß. Ich möchte mit Mutti nicht so am Teich sitzen, deshalb probiere ich es noch ein mal. Aber vergeblich, ihre Zähne sind gleich wieder draußen. Schließlich gebe ich es auf, stecke die Zähne in eine Tasche und die Schuhe bekommt sie auch nicht mehr an. Bevor wir zum Teich gingen, war ich mit Mutti noch auf der Toilette. Kaum

sitzen wir am Teich sagt sie immerfort ohne Unterbrechung. „Ich muss, ich muss, ich muss!"
Sie spricht sehr, sehr leise, es ist mehr wie ein Singsang.
Beruhigend spreche ich auf Mutti ein und versuche ihr zu erklären, dass sie eben auf der Toilette war. Aber auch das begreift sie heute nicht!
Ist sie denn von allen guten Geistern verlassen, ist sie jetzt völlig durchgeknallt?
Werner und ich schauen uns hilflos an. Wir können nicht fassen, was hier läuft.
Ich bin fürchterlich traurig und so gut wie am Ende! Niemals habe ich Mutti in einem solchen erbarmungswürdigen Zustand gesehen!
Es erschreckt mich zutiefst.
Das kann nicht mit rechten Dingen zugehen!
Wir bleiben nicht lange am Teich. Wir können Muttis Elend nicht mehr mit ansehen und ihre Forderung, zur Toilette gehen zu müssen, können wir auch nicht mehr ignorieren. Sofort bringe ich Mutti zur Toilette, damit sie zur Ruhe kommt.
Es hilft aber nicht! Kaum sind wir wieder im Zimmer, geht es mit ihrem Singsang wieder los.
„Ich muss, ich muss, ich muss!"
Ohne Unterbrechung. Immer das selbe.
„Ich muss, ich muss, ich muss!"
Alles gute Zureden hilft nicht!
Was sollen wir nur mit ihr machen?
Beim Abendbrot isst sie so gut wie nichts, will auch nicht trinken.
„Legst du mich jetzt ins Bett?" ist das einzige, was Mutti möchte.
Bevor wir sie zu Bett bringen, gehe ich noch mal mit ihr zur Toilette. Mutti macht immer noch ihr Blasentraining und solange wir da sind, sind ihre

Windeln trocken. Wenn wir aber nachmittags zu ihr kommen, ist die Windel nass. Wir nehmen an, dass es ihnen zu viel Mühe macht, Mutti alle zwei Stunden aufs Klo zu setzen.

Nachdem wir Mutti vorsichtig ins Bett gelegt haben, sagt sie gleich wieder, „ich muss!"

„Mutti, du warst gerade vor zwei Minuten dort auf dem Klo!" dabei zeige ich mit dem Finger auf die Tür, die zum Toilettenraum führt. „Du kannst nicht müssen!"

Ich versuche weiter, es ihr zu erklären, doch sie begreift es nicht!

Schließlich ruft sie um Hilfe!

Sie kann nicht laut sprechen, sie ist zu schwach und hat keine Kraft. Es ist mehr wie ein leises Wimmern. Immer wieder sagt sie.

„ Hilfe, Hilfe ich muss!"

Sie hört gar nicht darauf was ich sage, um sie zu beruhigen, immer nur.

„Hilfe, Hilfe, ich muss! Hilfe, Hilfe ich muss! Hilfe, Hilfe ich muss!"

Ich bin völlig geschafft, ich bin verzweifelt und am Ende! Ich weiß nicht mehr, was ich sagen, oder denken soll.

Den Arzt holen bringt nichts, der findet das ja ganz normal.

Gleich ist es schon halb acht. Wir müssen unbedingt gehen, haben noch einen weiten Weg nach Hause.

Ich kann mich aber so schnell nicht von Mutti trennen. Wir stehen noch eine ganze Weile an der Tür und horchen. Das Gejammer hört nicht auf!

Ganz leise ruft sie immer und immer wieder.

„Hilfe, Hilfe ich muss!"

„Gleich wird die Schwester kommen und ihr das Beruhigungsmittel geben, das Mutti immer zur Nacht bekommt, damit sie gut schläft. Dann wird es ihr hoffentlich besser gehen," versucht Werner mich zu beruhigen und zieht mich ganz sanft von der Tür weg. „Komm!"
Beide sind wir vollkommen fertig und total geschockt!
Wir können nicht verstehen, was sich heute Nachmittag abgespielt hat. Sehr schweigsam fahren wir nach Hause, jeder hängt seinen Gedanken nach.
Zu Hause angekommen bricht der ganze, aufgestaute Frust aus mir heraus.
Ganz laut rufe ich, „so ein verdammter, elender Mist!"
Es ist nicht meine Art, mit Kraftausdrücken rum zu werfen, im Gegenteil, ich kann es nicht leiden, wenn junge, oder auch ältere Leute, bei jeder Gelegenheit diese Wörter benutzen. Heute bin ich nicht nur vollkommen fertig, ich bin fassungslos und voller aufgestauter Emotionen. Wütend gebe ich die schlimmsten Ausdrücke laut von mir.
Werner sieht mich verdutzt an, aber er kann es verstehen. Ich muss mir einfach Luft machen, sonst platze ich.

Am nächsten Tag hatten wir nicht vor, zu Mutti zu fahren. Obwohl ich gleich am nächsten Morgen am Telefon war, um mich nach ihrem Befinden zu erkundigen und erfuhr, dass es ihr besser ging, komme ich zu Hause nicht zur Ruhe. Immer noch habe ich die Bilder von gestern vor Augen, kann einfach nicht begreifen, was mit Mutti los war.

Ob der Arzt Recht hatte und diese Zustände wieder kommen würden, bis Mutti schließlich ganz verwirrt ist?

Das wäre ja ganz fürchterlich!

Ich wollte und konnte daran nicht glauben.

„Nein, dass kann nicht sein!"

Ich rufe bei Werner im Geschäft an und kann ihn überreden seine Verkäuferin früher kommen zu lassen, damit wir noch mal zu Mutti fahren können.

Mutti strahlt uns erfreut an, als sie uns sieht. Sie ist sehr ruhig und ich kann wieder mit ihr reden, was gestern gar nicht möglich war. Mir fällt ein Stein vom Herzen, allerdings ist sie von ihrem gestrigen Zustand noch sehr angegriffen. Als wir mit ihr für ein kleines Stündchen an ihrem Lieblingsplatz am Teich sitzen, wir haben immer noch großes Glück mit dem Wetter, es ist gleichbleibend warm und die Sonne strahlt von einem blassblauen Himmel, redet sie viel durcheinander.

Sie sagt immer Monika zu mir. So heißt meine Zwillingsschwester. Noch nie hat sie unsere Namen verwechselt und mich mit dem Namen meiner Schwester angeredet.

Werner, der noch mal weggefahren war, um für Mutti Buttermilch zu besorgen, die sie in der letzten Zeit so gerne mochte, heute aber anscheinend nicht, sie verzieht beim Trinken ihr Gesicht, sagt lachend zu ihr, „das ist doch Ilona!"

„Nein," sagt sie strahlend „das ist Monika!"

Nachdem wir Mutti nach dem Abendbrot ins Bett gebracht haben und sie immer noch Monika zu mir sagt, nimmt Werner mich in den Arm und gibt mir einen Kuss.

„Siehst du Mutti, das ist Ilona!"

Mutti lacht begeistert und sagt, „nein, das ist Monika."

Heute war Mutti seltsamerweise gar nicht so müde?

Wir machen uns heute schnell auf den Heimweg.

Mit meinen Gedanken bin ich schon beim morgigen Tag.

Morgen wird Mutti entlassen. Ich habe zu Hause noch einiges vorzubereiten. Nachts schlafe ich sehr unruhig. Mein Herz schlägt laufend ganz schnell, ich bin dauernd wach und anspannt.

Was uns der morgige Tag bringen wird?

Obwohl ich mir anfangs gewünscht hatte, dass Mutti länger in der Reha bleiben könnte, damit sie wieder gut auf die Beine kommt. Nun bin ich aber echt froh, dass Mutti entlassen wird. Ich habe sehr große Bedenken, dass Mutti sonst wirklich noch in der Klapsmühle landet. Nach den Ereignissen des gestrigen Tages konnte man das nicht ausschließen.

Mein Gefühl nach dem Aufwachen ist nicht sehr gut, sozusagen schlecht. Nach den vielen Problemen in der letzten Zeit ist mir zwar klar, dass Mutti im Moment mit erfahrenem Pflegepersonal besser gedient ist. Käme sie jetzt zu uns und würde wieder in einen solchen desolaten Zustand geraten, wäre ich vollkommen hilflos.

„Wie schön wäre es jedoch, könnte ich heute Morgen in Ruhe losfahren und Mutti zu uns nach Hause holen!

Wenn sie diese elenden Rückenschmerzen nicht bekommen hätte, könnte sie sicher schon gut laufen. Auch ich hätte mich in der Zeit gut erholen können und wäre mit neuem Schwung an die Sache herangegangen.

Alles ist nun anders gekommen!

Mich quält wieder der Gedanke, ob meine Entscheidung, Mutti zur Kurzzeitpflege in ein Heim zu geben, richtig ist?

Vielleicht könnte ich es zu Hause ja doch schaffen!

Ich bin immer noch am Zweifeln!

Ist es Schicksal, dass es so gekommen ist?

Nun muss ich mich fügen und kann nur hoffen, dass alles gut wird.

Ich bin sehr gespannt, was mich heute erwartet.

Kurz nach neun sind wir schon in der Reha. Mutti sitzt angezogen in ihrem Zimmer am Tisch. Als wir eintreffen, wird gerade ihr Bett auf den Flur geschoben. Ich bin froh, dass sie hier rauskommt, bloß keinen Tag länger hier bleiben!

Zu Hause hatte ich noch schnell die Lockenwickler eingepackt und den Fön gegriffen. Obwohl ich Mutti laufend die Haare gewaschen habe, sah sie immer ungepflegt aus. Die Haare standen ihr meistens wirr um den Kopf und sahen struppig aus. Nach der Haarwäsche bekommt Mutti noch etwas Hübsches an. Nun sieht sie mit dem schönen Pulli und der neuen Frisur richtig gut aus.

Da kommen auch schon die Männer vom Roten Kreuz, um uns abzuholen.

Auf der Fahrt ins Pflegeheim krümmt Mutti sich vor Schmerzen. Ich sitze hinten im Auto und sehe wie Mutti, die vorne beim Fahrer sitzt, ganz unruhig wird.

„Könnte ich sie doch bloß mit nach Hause nehmen, damit wir die Schmerzen in den Griff bekommen" denke ich verzweifelt.

Was hat sie bloß in der letzten Zeit aushalten müssen!

Als wir im Heim ankommen, bin ich schon fix und fertig.

Sehr freundlich und nett werden wir empfangen und begrüßt. Neben dem Bett, auf dem Nachttisch, steht für Mutti ein Erfrischungsgetränk bereit und eine Pflegerin überreicht Mutti einen hübschen Blumenstrauß. Mutti darf sich sofort ins Bett legen.

Trotz der großen Schmerzen ist Mutti gut drauf und strahlt alle an. Sie ist ja immer so lieb und freundlich.

In dem anderen Bett in ihrem Zimmer liegt eine ältere Dame. Auch sie begrüßt uns freundlich, schaut aber doch ein wenig skeptisch zu uns rüber.

Nach der ersten Besprechung empfiehlt uns die Pflegerin, die sehr nett und verständnisvoll ist, einen Arzt, der sich auch um einige andere Patienten hier im Heim kümmert.

Wir sind einverstanden. Er kann schon um zwei Uhr zur ersten Untersuchung hier sein.

Während Mutti nach dem Mittagessen ihren Mittagsschlaf macht, brausen wir schnell nach Hause, um auch eine Kleinigkeit zu esse. Um halb zwei sind wir wieder bei ihr.

Der Arzt ist pünktlich. Ich kann in Ruhe mit ihm über Muttis momentanen Zustand und über all die Probleme, die wir in letzter Zeit zu bewältigen hatten, sprechen.

Der Arzt ist voll meiner Meinung, dass die verordneten Medikamente, die Mutti in der Reha bekam, nicht richtig für sie waren. Er verschreibt sofort die von mir vorgeschlagenen Tabletten gegen ihre starken Rückenschmerzen. Allerdings soll sie erst mal, da sie so geschwächt ist, nur zwei von den Tabletten am Tag bekommen. Er macht eine schriftliche Anweisung in das Pflegeheft. Wenn die gewünschte Wirkung nicht eintritt, bespricht er mit dem Pfleger, der heute Nachmittag Dienst hat, sollen die Tabletten auf drei erhöht werden. Diese Anweisung gibt er mündlich,

Ich bin sehr erleichtert, ja mir fällt direkt eine große Last vom Herzen! Ich bin sicher, dass die Rückenschmerzen jetzt, zwar nicht sofort, aber doch nach ein paar Tagen vergehen werden und Mutti sich dann erholt.

Nach dem Kaffee versuchen wir mit Mutti ein paar Runden mit ihrem Gehwagen zu laufen. Das klappt allerdings nicht besonders. Wir wollen sie auch, wegen ihrer Schmerzen, die nach der Gabe des neu verordneten Medikaments und einem ausgiebigen Mittagsschlaf etwas nachgelassen hatten, im Moment lieber schonen. Den Rest des Nachmittags sitzen wir mit ihr im Garten.

Bald ist es Abend. Nach dem Abendessen, das sie in ihrem Zimmer einnimmt, kommt die alles entscheidende Frage! „Was machen wir mit Mutti heute Nacht?"

In der Reha wurde Mutti ja fixiert und das Gitter an ihrem Bett wurde hochgestellt.

Eine sehr, sehr nette Pflegerin berät sich eingehend mit uns. Sie ist voll dagegen Mutti ans Bett zu fixieren. Sie erklärt uns, dass sie dazu nicht berechtigt ist.

Über diese Entscheidung bin ich sehr froh.

Allerdings ist die Gefahr, dass Mutti alleine aufsteht, sehr groß. Sie soll, aus Angst vor einem erneuten Sturz, auch nicht alleine aufstehen.

Es gibt natürlich auch hier eine Klingel an Muttis Bett. Ich habe es ihr auch schon erklärt, aber bisher hat sie es nicht begriffen, da wird sie auch hier nicht daran denken, wenn sie aufstehen will.

Die Situation ist sehr schwierig.

Machen wir nun das Gitter am Bett hoch, oder lassen wir es runter?

Eine äußerst schwierige Frage!

Was ist richtig?

Die Pflegerin ist dafür, dass das Gitter nicht hoch kommt, da Mutti wahrscheinlich versuchen wird, über das Gitter zu steigen. Sie würde dann tiefer fallen, als wenn das Gitter unten ist, gibt sie zu bedenken. Das sehen wir ein.

Schließlich entscheiden wir uns aber doch dafür, dass das Gitter hoch kommt, da Mutti in letzter Zeit das so gewohnt war. Wir hoffen, dass es sie davon abhält, alleine aufzustehen.

Die Pflegerin verspricht, dass in der Nacht jede Stunde jemand nach Mutti sieht. Sie ist so nett, eigentlich könnten wir jetzt beruhigt nach Hause fahren. Ich möchte so gerne mal wieder eine Nacht ruhig schlafen. Der heutige Tag war sehr anstrengend, ich bin geschafft und total kaputt. Lange bin ich aber noch in Gedanken bei Mutti.

Wie die Nacht wohl wird?

In der Reha hatten sie ja Mutti kurz entschlossen fixiert. Wie schrecklich das sein musste! Aber Mutti ist ja so geduldig und lässt alles ohne zu klagen über sich ergehen. Ich bin froh, dass die Pflegerin gegen das Fixieren der Patienten ist. Ich hoffe sehr, dass in dieser Nacht alles gut läuft und Mutti nicht aus dem Bett fällt!

Die wochenlange Anspannung sitzt noch in meinen Knochen. Die Nacht wird für mich wieder sehr unruhig.

Als ich nachts wach werde, bin ich völlig erschöpft und denke, morgen fährst du nicht ins Heim, es wird schon alles laufen. Ich brauche unbedingt mal einen Tag Ruhe und Entspannung. Zum Glück bin ich noch einmal fest eingeschlafen und fühle mich morgens etwas besser.

Natürlich ist mein erster Gedanke bei Mutti!

Ich bleibe auch nicht zu Hause, bin viel zu sehr gespannt, wie die Nacht verlaufen ist. Gleich nach dem Frühstück fahren wir los und kommen um zehn Uhr im Heim an.

Mutti ist nicht in ihrem Zimmer! Der Pfleger sieht uns und kommt aufgeregt angerannt. Dann sehe ich Mutti neben dem Fahrstuhl in einer Ecke im Rollstuhl sitzen.

Sie zittert am ganzen Körper und ist vollkommen fertig. Sie hat starke Schmerzen.

„Was ist geschehen?" denke ich verzweifelt.

So hatte ich mir den Aufenthalt im Heim für meine Mutter absolut nicht vorgestellt!

Sehr ärgerlich und aufgebracht schnappe ich mir Muttis Rollstuhl und schiebe sie in ihr Zimmer.

Immer noch aufgeregt kommt der Pfleger hinter uns her.

Frau Wende, Muttis Zimmernachbarin, hatte uns schon bei unserem Eintreffen berichtet, dass Mutti gegen sechs Uhr in der Frühe aufgestanden und im Zimmer umhergelaufen ist. Frau Wende hat schnell geschellt und zu Mutti gesagt, „Sie dürfen nicht aufstehen und im Zimmer rumlaufen!"

Dann ist Mutti hingefallen!

Wir hatten ja am Abend besprochen, dass das Gitter an ihrem Bett hoch kommt. Ich konnte mir absolut nicht vorstellen, dass Mutti es schaffen würde, über das Gitter zu steigen. Sie hat es aber doch fertig gebracht!

Der Pfleger, ein hagerer Mann mittleren Alters, ist anscheinend mit Mutti vollkommen überfordert.

Er ist hektisch und sehr nervös. Er verlangt von mir die Zustimmung, dass Mutti ab sofort fixiert wird. Die ganze Nacht soll sie sehr unruhig gewesen sein.

Ich glaube, sie hat die Nachtschwester ganz schön auf Trab gehalten.

In der Reha und im Krankenhaus hatte Mutti nachts schwere Beruhigungsmittel bekommen, hier bekommt sie nur Schmerztabletten. Wahrscheinlich muss sie von den Beruhigungsmitteln, die sie wochenlang erhalten hatte, erst mal entwöhnt werden, deshalb die Unruhe.

Wir gehen auf die Forderung des Pflegers, Mutti fixieren zu lassen, nicht gleich ein. Da rennt er ärgerlich aus dem Zimmer und will sofort den Arzt sprechen. Fürs Erste sind wir mal wieder gründlich schockiert!

Sicher sind wir froh, dass Mutti, als sie gefallen ist, nichts passiert ist, aber die Gefahr für einen neuen Bruch war doch sehr groß! Später klagt Mutti über Schmerzen an den Rippen.

Ist Mutti hier wirklich so gut aufgehoben, wie ich es mir erhofft hatte?

Auch die Rückenbeschwerden sind so extrem, dass wir Mutti sofort ins Bett legen. Ich habe eine Wärmflasche mitgebracht und mache ihr feuchte Umschläge. So warm wie möglich, das hat immer sehr gut geholfen. Auch heute setzt die Wirkung gleich ein. Der Rücken entspannt sich, Mutti wird ruhiger und duselt vor sich hin.

Als sie nach einiger Zeit wach wird, redet sie alles durcheinander, sie fantasiert regelrecht. Redet von Töpfen und Pfannen und dass sie nicht fertig wird. Sie fuchtelt dabei mit ihren Armen gewaltig in der Luft herum. Wir stehen besorgt an ihrem Bett. Ich rufe den Arzt an um zu hören, ob das Medikament, es sind morphiumhaltige Tabletten, nicht zu stark für Mutti ist. Er sagt, wir sollten erst mal abwarten und wie besprochen weitermachen.

Werner hat in den letzten Wochen schon so viel Zeit geopfert, er muss dringend ins Geschäft. Ich bleibe bei Mutti. Zu Hause hätte ich sowieso keine Ruhe!

Nach dem Mittagessen und einem neuen, feuchten Umschlag im Rücken, schläft Mutti wieder ein.

Ich gehe erst mal los, um mir etwas Essbares zu besorgen. In der näheren Umgebung entdecke ich nichts geeignetes, ich muss eine ganze Weile laufen, bis ich einen Laden finde. Als ich zurückkomme, setze ich mich für ein paar Minuten in den Garten auf eine Bank, die im Schatten steht. Heute ist es wieder sehr warm.

Ich bin maßlos traurig und schon wieder voll geschafft. Bestimmt bin ich keine Heulsuse, aber mir laufen die Tränen nur so die Wangen runter.

Ich kann nichts dagegen tun.

Ich sitze da und heule.

Warum muss bei uns alles immer so kompliziert sein? Wann können wir endlich mal wieder durchatmen?

Bei diesen Problemen sehe ich in naher Zukunft keine Besserung.

Auch die Frage, ob ich richtig gehandelt habe, beschäftigt mich sehr und macht mir zu schaffen. Im Moment weiß ich keine Antwort darauf!

Nach der Runde Schlaf geht es Mutti besser. Sie sitzt, als ich wieder zu ihr komme, mit mehreren Personen im Esszimmer und trinkt Kaffee.
Nanu, sie sieht ja richtig locker aus!
Nachdem sie ihren Kaffee in Ruhe ausgetrunken hat, gehen wir in den Garten. Ich fahre mit ihr wieder zu den Bänken, die unter Bäumen, im Schatten stehen. Dort zu sitzen war heute Mittag schon so angenehm. Muttis Rollstuhl habe ich direkt neben mich geschoben. Kaum sitze ich fängt Mutti wieder an zu fantasieren.
Was sie alles für komische Sachen sieht!
Ich bin sehr besorgt und muss an das Gespräch mit dem Arzt in der Reha denken.
Hatte er doch recht?
Oder sind diese, zeitweilig bei ihr auftretenden Störungen, noch Auswirkungen von dem Medikament, das sie dort verabreicht bekam?
Später kommt meine Schwester mit ihrem Mann aus Hamburg zu Besuch. In meiner Besorgnis heute Morgen, hatte ich sie angerufen und von den Problemen berichtet.
Am späten Nachmittag kommt auch unser Sohn mit seiner Familie. Abends will Mutti mit zu uns nach Hause.

Nach dem Abendbrot kommt Mutti gleich ins Bett.
Die nette Pflegerin von gestern Abend ist wieder da.

Wir beraten, was für die kommender Nacht zu tun ist. Auf keinen Fall möchte sie, dass Mutti angeschnallt wird! Das ist voll in meinem Sinne!

„Auch das Gitter an Muttis Bett darf nicht hoch," sagt sie bestimmend. „Ihre Mutter würde auf jeden Fall wieder versuchen aufzustehen,"erklärt sie mir. „Wenn das Gitter hoch ist, ist die Gefahr der Verletzung viel höher."

Das sehe ich ein. Ich habe aber trotzdem große Bedenken, dass Mutti, wenn sie aufsteht, wieder hinfallen könnte. Es ist so verdammt schwierig, die richtige Entscheidung zu treffen!

Von der Pflegerin erfahre ich auch, dass der Patient selbst entscheiden muss, ob das Gitter am Bett hoch kommt. „Mit dem Fixieren ist es ebenso, ansonsten ist das Freiheitsberaubung und strafbar!" klärt sie mich weiter auf.

„Wenn der Patient, wie ihre Mutter, an Demenz erkrankt ist und nicht für sich entscheiden kann, darf nur eine Person, die das Sorgerecht für sie hat, Entscheidungen treffen. Das Sorgerecht muss beantragt werden und bekommt man nur durch einen gerichtlichen Beschluss."

Die Pflegerin erklärt mir außerdem, dass Mutti in der Reha auch nicht so ohne weiteres hätte fixiert werden dürfen.

Da ich die Tochter bin, kann ich wohl darüber entscheiden, dass das Gitter hoch kommt, mehr aber nicht!

Diese Nacht bleibt nun das Gitter am Bett unten und ich hoffe sehr, dass alles gut geht.

Wieder voller Besorgnis fahre ich abends mit unserem Sohn und seiner Familie nach Hause.

Ich mache für Werner und mich schnell etwas zu essen und lege mich danach sofort auf das Sofa.

Mein Kopf brummt und der Nerv in meiner Wange klopft gewaltig.

Ich muss mich unbedingt entspannen, kann aber nicht zur Ruhe kommen, habe immer das Bild von heute Morgen vor Augen, als wir Mutti zitternd und verängstigt in der Ecke sitzen sahen.

„Weißt du was," sage ich zu Werner, der sich das Fernsehprogramm ansieht, „ich glaube, wir holen Mutti wieder zu uns, ob ich mich den ganzen Tag im Heim um sie kümmere oder hier zu Hause. Hier könnte ich mich zwischendurch noch hinlegen."

„Ich dachte, du hättest sie schon mitgebracht," entgegnet Werner.

„Was wird aber in der Nacht?" gebe ich zu bedenken.

„Am Tag hätte ich kein Problem, das würde ich ohne weiteres schaffen, die Nacht ist doch die Schwierigkeit! Nachts bräuchte ich dringend meinen Schlaf, sonst könnte ich das nicht bewältigen. Wo bekommt man eine Hilfe für die Nacht her?"

Langsam werde ich etwas ruhiger und schlafe ein.

In der Nacht wache ich auf und überlege, was zu tun ist?

Gleich morgens rufe ich im Heim an, lasse mich mit der Station verbinden und frage, wie es Mutti geht.

Ich erfahre, dass Mutti gut geschlafen hat, sich unter Aufsicht gewaschen und angezogen hat.

„Sie sitzt im Moment mit mehreren Damen im Frühstücksraum," berichtet mir die Pflegerin.

„Puh!" Ich atme tief durch und bin erleichtert. Das hat ja alles gut geklappt."

Ich bitte die Pflegerin noch, Mutti sofort nach der Tabletteneinnahme wieder ins Bett zu legen.

„Das muss unbedingt sein. Die Tabletten machen am Anfang der Behandlung sehr müde. Nach ein paar Tagen verliert sich die Müdigkeit," erkläre ich ihr.

Als wir am späteren Vormittag kommen, ich hatte zu Hause noch vieles zu erledigen, liegt Mutti im Bett und schläft.

Nach dem Mittagessen hat sie wieder sehr starke Schmerzen im Rücken. Ich mache ihr wieder warme Umschläge, das hilft am besten. Wenn doch nicht immer diese entsetzlichen Rückenschmerzen wären!

Ich bin vollkommen wütend auf diesen bekloppten Pfleger in der Reha, der Mutti so unmöglich hochgehoben hat. Ohne diese Schmerzen wäre Mutti längst bei mir. Dann geben sie ihr auch noch so blöde Schmerzmittel, die überhaupt nicht helfen, sondern Mutti so durcheinander machen, dass ich sie nicht wieder erkenne!

Von einer Pflegerin hier im Heim habe ich erfahren, dass diese Verwirrungen, die bei Mutti aufgetreten sind, ohne weiteres von den Tropfen, die sie dort gegen die Rückenschmerzen bekommen hat, kommen können. Lange ist es gut gegangen mit diesen Schmerzen, ich war darüber so froh, bis zu diesem Tag in der Reha.

Das Medikament, das der Arzt ihr hier verordnet hat, hat immer geholfen! Sicher wird es auch dieses Mal helfen, diese Schmerzen machen Mutti völlig fertig.

Der Arzt hatte zuerst nur für morgens und abends eine Tablette verordnet, aber auch ausdrücklich betont, dass noch zusätzlich eine Tablette gegeben werden sollte, wenn die gewünschte Wirkung nicht eintritt!

Dann ist es erforderlich, dass die Tabletten alle sieben Stunden gegeben werden betonte er.

Ich bespreche nun mit dem Pfleger, der bei der Verordnung der Tabletten dabei war, er möchte Mutti die Tabletten jetzt alle sieben Stunden geben. Er ist einverstanden. Heute ist er sehr nett. Ich bin froh und hoffe, dass ich jetzt weiter so gut mit ihm auskomme!

Abends, aber erst nachdem Mutti ihr Abendessen eingenommen hat, gehe ich ganz entspannt nach Hause und schlafe endlich mal die ganze Nacht.

Morgens rufe ich gleich in der Station an und frage, ob alles in Ordnung ist und ob es mit der Tabletteneinnahme klappt. Der Pfleger hat heute Morgen Dienst. Wie es den Anschein hat, ist er heute nicht gut gelaunt, er ist eingeschnappt und meint, dass er schon selbst weiß, was er zu tun hat. Es ist Wochenende, heute ist Sonntag, da macht ihm seine Arbeit anscheinend keinen Spaß. Ich bitte ihn trotzdem noch, Mutti nach dem Frühstück wieder ins Bett zu legen, damit der Rücken entspannt.

Wenn Mutti früher diese Beschwerden hatte, hat sie mindestens drei Tage gelegen. Dann konnte man sicher sein, dass die Schmerzen weg waren. Deshalb war ich ja auch jetzt so darauf bedacht, dass Mutti nicht lange saß.

Heute ist mal wieder so richtiges, wunderbar warmes Sommerwetter. Dieses Jahr meint es Petrus aber wirklich gut mit uns. Gleich nach dem Frühstück fahren wir wieder zu Mutti. Wenn die Schmerzen erst mal weg sind, können wir alles entspannter angehen, dann kann ich auch mal zu Hause bleiben.

Den ganzen Tag sitzen wir an Muttis Bett. Wenn sie schläft, setzen wir uns eine Weile auf den Balkon. Die Balkontür lassen wir offen, damit wir immer einen Blick auf Mutti werfen können. Zwischendurch, wenn Mutti Schmerzen hat, mache ich ihr heiße Umschläge und passe auf, dass sie nicht aufsteht.

Mutti schläft den ganzen Tag.

Mittags holt Werner von einem Schnellimbiss etwas für uns zu essen. Nach dem Essen liest er wieder in der Zeitung, die wir mitgebracht haben.

Ich bin so froh, dass Werner mich so unterstützt und so geduldig bei mir sitzt. Nicht nur hier, schon die ganze Zeit während Muttis Krankheit ist er bei mir. Wenn ich total fertig bin und nicht mehr weiter weiß, baut er mich wieder auf und macht mir Mut. Ich bin ihm sehr, sehr dankbar!

Im Bett hat Mutti keine Schmerzen, aber als sie nachmittags eine halbe Stunde im Sessel sitzt, kommen die Schmerzen wieder. Als wir uns am Abend von Mutti verabschieden, kann sie nicht verstehen, dass wir hier nicht wohnen.

Obwohl es heute ein ruhiger Tag bei Mutti war, bin ich abends zu Hause sehr deprimiert.

Sie hat heute so schlecht ausgesehen, sie war so müde und matt. Ich mache mir Sorgen, dass sie nicht mehr lange leben wird und große Vorwürfe, dass ich sie nicht nach Hause geholt habe!

Wenn sie jetzt stirbt! Die paar Tage hätte ich zu Hause auch geschafft!

Werner, der sich meine Vorwürfe geduldig anhört, beruhigt mich und sagt, „wenn Mutti früher die Tabletten bekommen hat, war sie genau so hinfällig wie jetzt. Bestimmt erholt sie sich wieder!"

Ich schlafe wieder schlecht.

Morgens bin ich so kaputt, jetzt musst du aber bald die Notbremse ziehen, denke ich, alles hat seine Grenzen! Hoffentlich geht es Mutti heute besser!

Werner und unser Sohn, die geschäftlich in Hamburg zu tun haben, nehmen mich mit und setzen mich vor dem Heim ab.

Mutti sitzt, als ich komme, mit mehreren Damen im Frühstücksraum am Tisch. Sichtlich erfreut huscht ein Lächeln über ihr Gesicht, als sie mich sieht. Ich nehme ihren Rollstuhl und bringe sie in ihr Zimmer.

Von Frau Wende, Muttis Zimmernachbarin erfahre ich, dass Mutti gestern Abend, gegen zehn Uhr, alleine aufgestanden ist.

„Auch heute Morgen ist sie alleine aufgestanden und wollte sich anziehen!" sagt sie entrüstet. „Ich habe jedes Mal geschellt," betont sie. „Ich bin doch nicht ihr Kindermädchen!" Ärgerlich schaut sie mich an.

Freundlich bedanke ich mich bei Frau Wende.

Sie weiß, dass Mutti nicht alleine aufstehen darf. Wir hatten sie gebeten, für Mutti zu schellen, falls sie doch aufsteht.

Ich erkläre Frau Wende, dass Mutti durch ihre Krankheit sehr durcheinander ist und nicht begreift, dass sie vor dem Aufstehen schellen soll. Ich bitte sie noch einmal, sie möge doch auch in den nächsten Tagen wieder schellen, sobald sie mitbekommt, dass Mutti aufsteht.

„Mein Schellen nützt nichts, ihre Mutter macht ja doch was sie will," sagt Frau Wende. Ihrer Stimme merkt man an, dass sie etwas zornig ist. Sie hat ja Recht, darum ist ja auch alles so schwierig.

Als die Pflegerin ins Zimmer kommt bespreche ich noch einmal alles mit ihr. Alle sind sehr nett und kommen mir sehr entgegen. Sie sind der Meinung, dass sich alles regeln wird, ich müsste Mutti nur ein wenig Zeit lassen.

Inzwischen kenne ich mich auf der Station schon sehr gut aus. Ich habe Zutritt zu den verschiedenen Räumen, um mir Handtücher und diverse Sachen zu besorgen, die ich für Muttis Wickel für den Rücken, benötige. Erfreulich ist auch, dass Mutti am Tag und in der Nacht trocken ist.

Die Pflegerinnen in der Reha hätten Mutti am liebsten wieder einen Katheter gelegt. Ich habe aber darauf bestanden, dass Mutti keinen mehr bekommt. Sie meinten, Mutti würde sowieso nicht wieder trocken werden.

Sie hätten lieber Ihren Po anständig einreiben sollen, der war nämlich vollkommen rot. Hätte nicht viel gefehlt und er wäre wund geworden.

Als ich das dort bemängelte habe, bekam ich zur Antwort. „Sie wollen ja keinen Katheter!"

„Nein, meine Mutter hat ein Recht darauf, wieder selbständig zu werden. Dieses bisschen Freiheit soll sie haben. Ich weiß, dass es klappt!" Ich war freundlich, aber innerlich doch ärgerlich.

Sehr froh bin ich, dass ich mit dieser Ansicht hier im Heim voll unterstützt werde. Ihr Po ist so gut versorgt worden, dass er wieder heile ist. Darauf legt man hier im Heim sehr großen Wert.

Wenn nun auch die Rückenschmerzen weg sind, kann ich voll aufatmen, bald ist Mutti dann wieder bei uns.

Heute ist Mutti wieder sehr müde.

Das kommt von den Tabletten.

Wahrscheinlich war sie in der Reha vollkommen überfordert. Mit den großen Schmerzen den ganzen Tag im Rollstuhl sitzen zu müssen, ist ja auch die totale Quälerei. Sie braucht jetzt den Schlaf, um sich zu erholen. Was mir jetzt, nach ein paar Tagen, sehr auffällt ist, dass Mutti schon nach so kurzer Zeit viel klarer ist! Sie redet nicht mehr so durcheinander.

Frau Wende in Muttis Zimmer sieht immer ganz scheel zu mir rüber, wenn ich an Muttis Bett sitze. Sicher denkt sie Mutti ist total verwöhnt und will bemitleidet werden.

Gestern sagte sie zu mir „so wie sie sich um Ihre Mutter kümmern, das ist sehr selten. Auch ihren Mann muss ich sehr bewundern."

Für mich ist das selbstverständlich. Ich kann doch nicht ruhig zu Hause sitzen, wenn ich weiß, dass meine Mutter sich hier vor Schmerzen krümmt. Bin ich hier, kann ich ihr wenigstens helfen. Mutti ist dann ruhig und kann sich erholen.

Den ganzen Nachmittag ist Mutti heute schmerzfrei. Vielleicht hat der liebe Gott meine Bitten erhört und die Tabletten wirken langsam.

Ich hatte mir heute eine Matte von zu Hause mitgenommen. Als Mutti ihren Mittagsschlaf machte, lege ich mich im Garten unter einen Baum. Es tut so gut, sich lang auszustrecken und ein wenig zu dösen. Später kommt Werner. Er bringt unsere Schwiegertochter und Melanie mit.

Wir sitzen mit Mutti bis abends im Garten. Immer noch werden wir mit dem herrlich sonnigen Sommerwetter verwöhnt.

An so einen schönen Sommer, mit durchgehenden warmen Temperaturen, kann ich mich kaum erinnern.

Erst als Mutti wohlbehalten im Bett liegt, fahren wir nach Hause.

„Wo geht ihr denn hin?" fragt Mutti beim Abschied. Sie sieht uns verständnislos an. Sie denkt, wir würden alle bei ihr wohnen.

Am nächsten Morgen liegt Mutti im Bett, als ich komme. Ich höre von dem Pfleger, der heute Morgen Dienst hat, dass Mutti gegen halb sieben auf dem Flur lang gelaufen ist. Sie hat sich selber angezogen. Ich frage mich, wie sie das bei ihrer Schwäche und Müdigkeit hinbekommen hat?

Der Pfleger wollte sie wieder ins Bett bringen, aber Mutti wollte nicht. Auch Frau Wende erzählt mir, dass Mutti sich selber angezogen hat.

Warum hat sie nicht geschellt?

Sie weiß doch, dass Mutti Hilfe braucht!

Das Klingeln für Mutti macht doch nun wirklich keine Arbeit.

Heute Morgen nach dem Aufstehen war ich so müde, am liebsten wäre ich zu Hause geblieben. Ich musste mich jedoch beeilen, da ich vorhatte, mit dem Bus zu Mutti zu fahren.

Ich habe Glück, meine Schwiegertochter ruft an, sie will mich mit dem Auto zu Mutti bringen.

Heute Mittag sind Muttis Rückenschmerzen wieder da. Außerdem entdecke ich auf ihrem Rücken eine Blase. Von den Umschlägen, die ich ihr mache, kann das nicht kommen! Der Pfleger erklärt mir, das käme vom Liegen, es wäre eine Druckstelle.

Zwei Tage war Mutti schon völlig schmerzfrei. Ich kann mir nicht erklären, wieso die Schmerzen wiedergekommen sind.

Haben die Tabletten dieses Mal nicht geholfen?

Waren meine Bemühungen mit den warmen Wickeln, die ich hier seit Tagen mache, umsonst?

Tage und Stunden sitze ich hier an Muttis Bett und gebe mir die größte Mühe. Seit Jahren hatte ich mit dieser Methode immer Erfolg, warum jetzt nicht?

Warum muss Mutti so viel durchmachen und immer diese Schmerzen ertragen?

Manchmal bin ich so sauer, da schimpfe ich, wenn ich zu Hause bin, laut vor mich hin.

Als Mutti mittags schläft, gehe ich in den Garten und mache einen kleinen Spaziergang. Als ich wieder zu ihr komme, ist Mutti von den Schmerzen so unruhig, dass sie ganz nass geschwitzt ist. Ich ziehe sie um und mache einen neuen Wickel, aber der Rücken gibt keine Ruhe.

Langsam bin ich am Ende!

Mich überfällt ein regelrechter Frust!

Mutti findet es ganz normal, wenn ich neben ihrem Bett sitze. Dass ich schon lange kein ordentliches Mittagessen mehr hatte, kümmert sie nicht. Es ist ihr egal was ich esse, es interessiert sie nicht. Sie ist halt wie ein Baby, lässt sich von mir füttern und von vorn bis hinten betüddeln. Im Moment geht mir das alles voll auf den Wecker!

Ich muss mal zu Hause bleiben!

Langsam kriege ich den totalen Koller, finde alles bekloppt und bin wütend.

Wenn doch wenigstens die Schmerzen weggingen!

Nachmittags sitzen wir im Garten. Mutti ist so mit-genommen und müde, jetzt tut es mir fürchterlich leid, dass ich innerlich so aufgebracht war. Ja, ich war sehr ungerecht! Es tut mir sehr leid.

Fast eine Woche ist Mutti hier. Ich muss mich bald entscheiden, ob sie länger bleiben soll, oder ob sie zu uns kommt. Ich weiß es einfach nicht!
Diese Probleme mit dem Rücken, die ganze momentane Situation, raubt mir meine Kräfte! Ich habe es einfach satt, immer neue Entscheidungen treffen zu müssen!
Ich will im Moment nur eins, ich will mich entspannen und meine Ruhe haben und zu Hause meinen Haushalt versorgen, der schon seit vielen Wochen total vernachlässigt ist.
Werner kommt am Spätnachmittag, um mich abzuholen. Um sechs Uhr gehen wir mit Mutti in ihr Zimmer zum Abendessen. Wegen ihrer Schmerzen schieben wir ihren Rollstuhl nicht an den Tisch, sondern legen sie gleich ins Bett. Sie kann ihr Brot im Bett essen. Ich achte immer sehr darauf, dass sie genügend trinkt.
Eine Pflegerin kommt ins Zimmer und legt die Tablette für Muttis Rücken auf den Nachttisch.
Ich wundere mich und frage, „wieso bringen sie die Tablette schon um sechs Uhr? Die Tablette darf meine Mutter erst um halb neun nehmen! Sie kann sie auch nicht alleine nehmen, weil sie es vergisst. Diese Tablette muss meiner Mutter immer, alle sieben Stunden, pünktlich unter die Zunge gelegt werde, sonst ist die Einnahme für die Katz und hilft nicht!"
Die Pflegerin schaut mich verdutzt an. Sie weiß anscheinend nicht, was los ist.
Um die Einnahme der Tabletten zu klären, eile ich in das Zimmer, in dem sich die Pflegerinnen

aufhalten. Die Pflegerin, die für diese Station verantwortlich ist und heute Nachmittag Dienst hat, ist erst heute aus dem Urlaub zurückgekommen. Sie kennt Mutti noch nicht und weiß über Muttis Beschwerden wohl auch nicht richtig Bescheid. Ich frage mich allerdings, wieso mittags bei der Übergabe, der Pfleger, der heute Morgen Dienst hatte, sie nicht aufgeklärt hat? Er weiß doch, wie wichtig die Tabletteneinnahme für Mutti ist!

Abends bin ich mal wieder vollkommen erledigt, nehme mir vor, am nächsten Tag zu Hause zu bleiben.

Am anderen Morgen rufe ich gegen zehn Uhr in der Station an und frage, ob alles in Ordnung ist.

Der Pfleger erklärt mir, dass Mutti nur zwei Tabletten bekommt.

Ich falle aus allen Wolken!

„Wieso denn das," sage ich empört!

„Ich hatte doch vor wenigen Tagen, als wir sahen, dass zwei Tabletten nicht ausreichen, mit Ihnen besprochen, dass meine Mutter drei Tabletten, und zwar alle sieben Stunden, eine bekommt, so wie es mit dem Arzt besprochen war! Sie waren damit einverstanden! Daraufhin war meine Mutter zwei Tage schmerzfrei! Ich habe mich voll darauf verlassen, dass Sie sich daran halten! Meine ganze Mühe mit den Umschlägen ist doch umsonst, wenn sie die Tabletten nicht bekommt. Da brauch ich mich ja nun wirklich nicht wundern, dass die Schmerzen wieder da sind!"

Ich bin wütend!

Wie kann er nur einfach die Tablette, die Mutti mittags bekommen soll, wieder absetzen?

Ärgerlich frage ich nach dem Grund und erfahre von ihm, dass in der schriftlichen Verordnung nur zwei Tabletten stehen und danach muss er sich richten!

„Wieso haben Sie meiner Mutter dann an den Tagen davor drei Tabletten gegeben?" will ich von ihm wissen!

„Ich habe eine Ausnahme gemacht, aber jetzt gehe ich nur danach, was in den Akten steht," gibt er zur Antwort.

Dann erklärt er mir noch, dass er den Arzt angerufen hatte. Der hätte ihm ein Fax geschickt, mit der Verordnung von zwei Tabletten. Er hatte dem Arzt bei seinem Anruf aber nichts von Muttis großen Schmerzen gesagt und auch nicht, dass Mutti schon drei Tabletten bekommen hatte und dadurch völlig schmerzfrei war. Er wollte sich beim Arzt nur vergewissern, ob die Einnahme von zwei Tabletten am Tag, wie in der schriftlichen Anordnung vermerkt war, richtig ist.

Ich verstehe die Welt nicht mehr!

Das ist doch der pure Blödsinn! Es ist nicht nur gemein, das ist Quälerei, wenn man jeden Tag mit ansieht, dass eine Patientin so leidet und man hat die Möglichkeit, ihr zu helfen! Er hätte den Arzt nur um die schriftliche Verordnung von drei Tabletten bitten müssen. Der Arzt hätte ihm ohne weiteres eine schriftliche Anordnung geschickt.

„Warum hat er mir das gestern, als wir miteinander sprachen, nicht gesagt?"

Und ich lobe ihn noch und sage, „auf sie kann ich mich ja, wegen der pünktlichen Einnahme der

Tabletten verlassen! Da brauche ich mir keine Sorgen machen."

Da hat er mich schon so komisch angesehen, hat nichts gesagt, nur ein hämisches Grienen lag auf seinem Gesicht.

Sofort rufe ich den Arzt an und erkläre ihm die Sachlage. Er verspricht, mittags ins Heim zu kommen. Obwohl ich heute zu Hause bleiben wollte, mache ich mich auf den Weg zu Mutti.

Um ein Uhr ist der Arzt da und kommt ins Zimmer. Mutti krümmt sich vor Schmerzen. Sofort macht er eine neue schriftliche Verordnung fertig, damit Mutti drei Tabletten bekommt. Während er die Verordnung unterschreibt, fasst er sich an den Kopf, über diesen Idioten von Pfleger.

„Ich kann es selber nicht verstehen, mit was für unqualifizierten Leuten ich es manchmal zu tun habe," meint er.

„Warum sagte er mir am Telefon nicht, was für Schmerzen Ihre Mutter hat und dass er ihr schon drei Tabletten gegeben hatte! Ich hätte sofort eine schriftliche Verordnung per Fax, geschickt!" sagt er entrüstet!"

„Das wäre für mich absolut kein Problem gewesen. Die Pflegevorschriften sind allerdings auch sehr streng," betont er.

Sofort bekommt Mutti die Tablette und ich dränge darauf, dass sie ihr nun immer pünktlich unter die Zunge gelegt wird.

Um Mutti ein wenig Erleichterung zu verschaffen, fange ich sofort wieder mit den feuchten Umschlägen an. Sie beruhigen den Rücken ganz schnell, danach entspannt Mutti sich und schläft ein. Auch die Tablette tut ihre Wirkung. Mutti war total fertig!

Nach einer Runde Schlaf geht es ihr besser. Wir machen mit ihrem Gehwagen einen kleinen Spaziergang auf ihrem Balkon, damit sie nicht aus der Übung kommt. Danach muss Mutti sich sofort wieder hinlegen, so erschöpft ist sie.

Unsere Schwiegertochter und Melanie kommen gegen Abend, um mich abzuholen. Mutti sieht Melanie, und sagt begeistert, „ mein Liebling,“ zu ihr.

Bevor wir gehen, spreche ich noch mal mit dem Pflegepersonal, damit sie die Tabletten auch genau nach Anweisung geben.

Manchmal habe ich das Gefühl, dass sie mir nicht glauben, dass ich früher immer Erfolg mit dieser Methode hatte und die Schmerzen nach ein paar Tagen vollkommen weg waren und auch weg blieben!

Warum sollte das jetzt nicht wieder klappen! Ich gab die Hoffnung nicht auf!

In der vergangenen Nacht hatte ich nur zwei Stunden geschlafen. Abends bin ich völlig er-schöpft!

Während Werner den Fernseher einschaltet, legte ich mich erst mal auf die Couch. Meine Gedanken gehen wieder zu Mutti.

„Wäre sie hier bei uns, hätte ich den ganzen Stress mit der Tabletteneinnahme nicht!

War es falsch, sie in das Pflegeheim zu geben?“

Dann gingen meine Gedanken zu den Nächten, in denen ich auf Mutti aufpassen müsste, das wäre auch sehr anstrengend für mich. Auf jeden Fall beschloss ich, morgen erst mal zu Hause zu bleiben.

Am nächsten Tag ging es mir besser. Ich hatte endlich mal wieder gut geschlafen. Schnell erledige ich die Arbeiten im Haushalt und mache den notwendigen Einkauf. Nachmittags kommt Werner. Unser Auto ist in der Werkstatt und ist erst am Abend fertig. Wir sitzen nach langer Zeit endlich mal wieder zwei Stunden gemütlich in unserem Garten. Gedanklich bin ich natürlich immer bei Mutti. Wie es ihr wohl geht?

Morgen fahre ich wieder zu ihr.

Wenn die Schmerzen besser sind, werde ich mit ihr in den Garten gehen, es ist so herrliches Wetter.

Sicher geht es jetzt mit ihr bergauf.

Morgen will ich mit dem Bus zu ihr fahren. Von der Bushaltestelle ist es noch ein ganzes Stück zu laufen. Eine Stunde brauche ich immer, bis ich bei ihr bin.

In der Nacht schlafe ich schlecht. Wälze mich unruhig im Bett herum und träume, dass ich vor einer riesengroßen Scheibe stehe und in ein großes, fast leeres Zimmer blicke. In dem Zimmer, an der zurückliegenden Wand steht ein Bett. In dem Bett liegt meine Mutter. Außer dem Bett steht nichts im Zimmer. Alles, wohin ich sehe, ist weiß. Die Wände, das Bett und auch die Bettwäsche, mit der Mutti zugedeckt ist, ist blütenweiß. Ich glaube, dass ich mich in einem Krankenhaus befinde. Mutti winkt mir freudig zu, ich will zu ihr, aber es geht nicht, es gibt keine Tür!

Einen Moment später werde ich wach. Ich bin noch ganz benommen und mit meinem Traum beschäftigt. Es dauert eine ganze Weile, bis ich begreife, dass unser Telefon mich geweckt hat. Bei dem ersten Ton glaubte ich, es wäre das Handy, das im Nebenzimmer, in unserem Büro lag. Als ich endlich aufstehe und im Nebenzimmer ankomme, hatte es schon aufgehört zu summen.

Es war so früh am Morgen, noch nicht mal hell! Ich musste unbedingt noch etwas schlafen, deshalb brachte ich das Handy erst mal außer Reichweite.

Als ich dann wieder im Bett liege und wieder ein Bimmeln höre, fährt es wie ein Blitz durch meinen ganzen Körper, das muss das Telefon sein!

Schnell springe ich aus dem Bett, renne ins Büro und nehme den Telefonhörer ab.

Eine fremde, aber sehr freundliche Stimme sagt zu mir, „Ihre Mutter ist heute Nacht gefallen und hat sich den Oberschenkel gebrochen. Wir haben sie ins Krankenhaus gebracht."

Zweites Kapitel

Hier saß ich nun auf der Treppe vor unserem Haus. Genau das, was ich unbedingt hatte vermeiden wollen, war nun geschehen. Mutti war nachts aufgestanden, um zur Toilette zu gehen und war gestürzt!

Ich hatte doch tatsächlich geglaubt, im Heim, wo es doch eine Nachtschwester gab, wäre Mutti gut aufgehoben! Ich hatte mir so sehr gewünscht, dass ihr dort nichts passiert!

Aber die ganze letzte Woche, in der Mutti schon im Heim war, hatte mir ja gezeigt, dass sie dort absolut nicht sicher war.

Eine maßlose Traurigkeit überfiel mich!

Ich haderte mit dem Schicksal und fand es sehr ungerecht. Ich hatte mir doch so viel Mühe gegeben, um diese elenden Rückenschmerzen in den Griff zu bekommen.

Riesige, ja die bittersten Vorwürfe überfielen mich, dass ich Mutti nicht zu uns nach Hause geholt hatte. Sie konnte ja schon ganz gut laufen, bestimmt hätte ich das zu Hause auch hingekriegt!

Wie konnte ich nur glauben, dass ihr dort nichts passiert!

Warum kapiert sie auch nicht, dass sie nicht alleine aufstehen soll! Dass sie schellen muss!

Nach dem Telefonanruf waren wir so schnell wie möglich ins Krankenhaus geeilt. Vor Aufregung konnte ich keinen Bissen runter bekommen. Es war noch vor sechs Uhr, als wir im Krankenhaus ankamen.

Wie froh Mutti doch war, als sie uns sah und wie schnell sie sich nach dem heißen Wickel beruhigt hatte und dann schnell eingeschlafen war.

Den ganzen Transport in das Krankenhaus bei uns am Wohnort, hat sie nicht mitbekommen. Während der Fahrt hat sie ruhig geschlafen.

Selbst bei der Aufnahme hier im Krankenhaus, die sich doch viel länger hinzog als ich gedacht hatte, ist sie nur mal kurz aufgewacht. Als sie mich sah und ich mit ihr sprach, ist sie gleich wieder eingeschlafen. Sie muss völlig erschöpft gewesen sein.

Die Ärzte in dem Krankenhaus in der nächsten Großstadt, in das Mutti eingeliefert worden war, waren ja wirklich sehr nett gewesen. Dass sie so viel Verständnis für mich und Mutti aufbrachten, obwohl sie uns nicht kannten, dass sie mir die Möglichkeit gaben, Mutti den Wickel zu machen und ihr die Tablette gegen die Schmerzen gaben. Und dann auch noch zu der Verlegung in das hiesige Krankenhaus zustimmten. Dafür war ich ihnen sehr dankbar. Nun konnte ich jederzeit mit dem Fahrrad zu Mutti fahren. Selbst zu Fuß war ich, wenn ich mich beeilte, in gut zwanzig Minuten bei ihr.

Als Mutti dann nach der Aufnahme in ihr Zimmer geschoben wurde, um auf die OP zu warten, die in Kürze stattfinden sollte, sah sie so elend aus, da konnte ich nicht mehr, die Tränen sind mir einfach nur so über das Gesicht gelaufen. Schnell gab ich Mutti einen Kuss und lief heulend durch den Flur und die Treppen zum Ausgang hinunter.

Nun lag Mutti wieder auf dem OP-Tisch und bekam eine Schraube in das andere Bein.

Hoffentlich übersteht sie den erneuten Eingriff!

Bei dem Gedanken schossen mir gleich wieder die Tränen in die Augen und ich fragte mich, warum das so sein musste. Wo war ihr Schutzengel?

Abends, nachdem ich stundenlang auf der Treppe gesessen hatte, rief ich im Krankenhaus an und erkundigte mich nach Muttis Befinden. Sie hatte die Operation gut überstanden, war aber sehr unruhig. Ich wusste, dass die Unruhe von ihren starken Schmerzen im Rücken kam. Die Wirkung der Tablette, die sie am frühen Morgen in dem anderen Krankenhaus bekommen hatte, war vorbei. Nur nach einer weiteren Gabe der Tabletten hätte die Behandlung Erfolg.

Am liebsten wäre ich sofort zu ihr gegangen, aber ich war so entsetzlich müde, war schon seit vier Uhr wach und seit fünf Uhr auf den Beinen. Zuerst heute morgen der Anruf aus dem Heim, der mich so fürchterlich erschreckt hatte und danach die vielen Aufregungen. Nein, jetzt konnte ich nicht zu ihr, jetzt musste ich erst mal schlafen.

Am nächsten Morgen machte ich mich sofort auf den Weg ins Krankenhaus. Mutti liegt ohne Zähne und sehr blass in ihrem Bett.

Ein Bild zum Erbarmen!

Sie tut mir so leid!

Sie hat große Schmerzen in ihrem Rücken und ist voller Unruhe. Ich muss unbedingt einen Arzt finden, der ihr die Tabletten verordnet. Zum Glück finde ich ihn im Stationszimmer.

In kurzen Sätzen erzähle ich ihm Muttis ganze Geschichte. Sofort verschreibt er die nötigen Tabletten, und zwar soll sie alle sieben Stunden eine bekommen.

Ich bin total erleichtert und eile wieder an Muttis Bett. Eine Schwester kommt ins Zimmer. Als sie mich an Muttis Bett sitzen sieht, kommt sie zu mir und will mich sofort nach Hause schicken.

Sie sagt sehr freundlich und blickt mich dabei ganz lieb an, ich soll mich erst mal ausruhen!

Sie hat mich wohl gestern gesehen, als ich heulend aus dem Zimmer lief?

„Es geht mir schon wieder ganz gut," erkläre ich ihr.

Mutti bekommt von der Schwester die neu verordnete Tablette, ich mache ihr noch schnell einen Wickel und es dauert nicht lange bis Mutti fest einschläft.

In Eile geht es wieder nach Hause. Ich richte schnell das Mittagessen und räume ein wenig auf und bin am frühen Nachmittag wieder bei ihr.

Mutti hat die Zähne wieder im Mund, als ich komme. Sie sieht mich mit einem so freudigen Gesicht an und sagt zu mir, „wenn du da bist, bin ich ganz ruhig."

Ich bin glücklich, dass es ihr besser geht und auch so froh, dass ich ihr, wenn auch nur ganz wenig, helfen kann. Der Rücken hat sich immer noch nicht beruhigt. Schnell bereite ich ihr wieder einen Wickel und passe auf, damit sie die Tablette pünktlich bekommt. Lange, den ganzen Nachmittag bis zum Abend, bin ich bei ihr. An ihrem Bett sitzend entspanne mich total, versuche an nichts weiter zu denken, auch nicht daran, wie es weitergehen soll. Ich will einfach nur ein paar Tage Ruhe haben.

Außer Mutti liegen noch zwei weitere Frauen in dem Zimmer. Muttis Bett steht direkt am Eingang. Hinten am Fenster, der Blick daraus, auf eine große grüne Wiese und den dahinter liegenden Wald ist einfach fantastisch, liegt eine ältere Dame. Sie ist genau wie Mutti bettlägerig und mit einer Decke am Bett fixiert. Auch an ihrem Bett sind die Gitter hochgestellt. Sie ist sehr durcheinander, kaum ansprechbar und leidet wohl an großen Schmerzen.

Die Frau, deren Bett in der Mitte des Zimmers steht, ist mittleren Alters und wie ich nach einem kurzen Gespräch mit ihr feststelle, sehr nett und hilfsbereit. Leicht ist es für sie allerdings nicht mit zwei Damen, die beide an Demenz erkrankt sind, das Zimmer zu teilen.

Sie hat aber viel Verständnis und ist bereit, nachdem ich ihr die ganzen Probleme, die in letzter Zeit durch Muttis Erkrankung aufgetreten sind, erklärt habe ein wenig auf Mutti aufzupassen. Wenn sie merkt, dass Mutti unruhig wird und aufstehen will, will sie für sie klingeln.

Ich bin sehr erfreut darüber und weiß das sehr zu schätzen, denn schließlich ist sie ja auch krank und braucht ihre Ruhe. Dabei noch auf jemanden aufzupassen ist eine große Zumutung!

Letzte Nacht muss für sie sehr schlimm gewesen sein. Mutti war sehr unruhig. Ich hoffe, dass die kommende Nacht ruhiger für alle wird.

Erleichtert fahre ich am Abend nach Hause.

Gleich am nächsten Morgen bin ich wieder bei ihr. Mit dem Fahrrad bin ich in kurzer Zeit dort. Welche Erleichterung, dass ich nicht bis in die nächste Großstadt fahren muss.

Von Muttis Bettnachbarin erfahre ich die tollsten Sachen.

Mutti ist mit einer dünnen Decke, die an den Seiten Bänder hat, am Bett fixiert. In der Nacht hatte sie so lange an den Bändern herumgefummelt, bis sie sie losgebunden hatte. Dann ist sie mit dem frisch operierten Bein über das Gitter gestiegen!

Zum Glück kam eine Schwester herein, die Mutti gerade noch auffangen konnte. Ich nehme an, dass Muttis Bettnachbarin geklingelt hatte.

Entsetzt frage ich mich, woher sie auch jetzt noch die Kraft dazu nimmt? Vor allem, nach all den vielen Wochen, in denen sie schon krank ist und nach all den vielen Beschwerden! Mit Angst und Schrecken denke ich an die Zeit, wenn sie wieder bei uns zu Hause sein wird!

Bis zum Mittagessen bleibe ich bei Mutti.

Fahre dann schnell nach Hause, mache etwas zu essen, um am Nachmittag wieder bei ihr zu sein.

Ich bleibe bis zum Abend. Mit der Einnahme der Tabletten klappt es prima, darum brauch ich mich nun nicht mehr kümmern! Aber die Schmerzen sind noch immer da.

Als ich am nächsten Morgen in das Krankenhaus komme und Muttis Zimmer betrete, lacht mir Muttis Bettnachbarin schon entgegen.

„Stellen Sie sich vor was heute früh passiert ist!"

Während sie weiter berichtet, kann sie sich ein Schmunzeln nicht verkneifen.

„Ihre Mutter hat sich heute Morgen alles raus gezogen. Zuerst den Katheder und dann die Infusion. Alles war blutverschmiert! Dann hat sie um Hilfe gerufen.

„Hilfe, Hilfe, wir sind überfallen worden, alle sind gefesselt, alles ist voll Blut!"

Obwohl es mich sehr traurig stimmt, dass Mutti so durcheinander ist, muss auch ich lächeln.

„Was bist du doch für eine Mutti, was machst du bloß für Sachen!"

Mutti sieht mich fragend an, sie weiß von nichts.

Von der Bettnachbarin erfahre ich auch, dass die Dame, die am Fenster stöhnend im Bett liegt und dabei völlig durcheinander redet, schon vor vielen Wochen in unserer Kleinstadt einen großen Unfall hatte.

„Sie ist unter den Bus gekommen!" sagt sie und schaut mitleidig zu der Patientin rüber.

„Dabei sind beide Beine zerquetscht worden."

Wir hatten von dem Unfall gehört, ein großer Bericht hatte damals in unserer Zeitung gestanden. Es ist ganz in unserer Nähe passiert. Werner kam zufällig dort vorbei. „Bei der Behandlung der zerquetschten Beine gab es viele Komplikationen," berichtet Muttis Bettnachbarin weiter.

„Ein Bein musste amputiert werden, das andere Bein wurde mehrere Male operiert, will aber nicht so richtig heilen. Die Ärzte tun alles, damit sie es nicht auch noch verliert. Von dem langen und vielen Liegen über mehrere Wochen hat sie auf dem Rücken eine offene Stelle. Sie bleibt nie so liegen wie sie soll, rutscht immer wieder auf den wunden Rücken!"

Auch jetzt warf sie sich unruhig im Bett herum. Mitleidig sahen wir zu der Dame rüber.

Immer, jeden Tag, wenn ich bei Mutti war, unterhielt ich mich mit ihr ein wenig. Leider gab es kaum Angehörige, die sich um sie kümmern konnten. Der Frau ging es wirklich sehr schlecht!

Die Pflege in diesem Krankenhaus, auf der Station auf der Mutti liegt, ist wirklich einmalig.

Als ich an einem der nächsten Vormittage zu Mutti komme, wurde ihr Bett gerade komplett neu bezogen. Mutti hatte sich ja den Katheter raus gezogen. Sie bekam keinen neuen, sondern jetzt Windeln um. Nun hatte sie sich, wahrscheinlich durch die große Hitze, schon seit vielen Tagen war es brütend heiß, eine Windelallergie zugezogen. Dadurch bekam sie keine Windeln mehr um. Jedes Mal, wenn das Bett nass war, wurde es komplett neu bezogen. Welche Mühen sich die Schwestern hier machen, das war schon sehr bewundernswert.

Am nächsten Tag bin ich sehr unausgeschlafen und müde.

„Heute Morgen bleibst du zu Hause," denke ich etwas unentschlossen. Dann fällt mir ein, dass ich Mutti unbedingt Sachen bringen muss. Bei der Hitze muss sie öfters ihr Nachthemd wechseln. Also mache ich mich doch auf den Weg. Als ich ins Zimmer komme, ist Mutti sehr unruhig. Der Rücken tut weh! Trotzdem geht ein Lächeln über ihr Gesicht, als sie sagt, „ich habe gerade an dich gedacht!"

Sofort wird sie ruhiger. Schnell mache ich ihr einen Wickel, sie schläft gleich danach ein.

Eine Schwester kommt ins Zimmer und berichtet mir, dass Mutti in der letzten Nacht sehr unruhig gewesen ist.

„Sie hat wieder alles los gebunden," sagt sie mit ernstem Gesicht. „Als ich ins Zimmer kam, saß sie am Fußende des Bettes. Was wollen sie mit ihrer Mutter machen, wenn sie entlassen wird?"

Oh je, in den letzten Tagen hatte ich versucht, an nichts zu denken und schon gar nicht daran, was nach dem Aufenthalt im Krankenhaus werden sollte.

Ratlos sehe ich die Schwester an.

„Ich weiß es nicht," antwortete ich leise und sehe die Schwester verzweifelt an.

„Auf keinen Fall kommt sie in die Reha," betone ich.

Ich erzähle der Schwester in kurzen Sätzen, was ich dort erlebt hatte.

Von den Zuständen der Verwirrtheit in denen Mutti sich zeitweilig befand, so dass ich sie kaum wieder erkannte und schon glaubte, dass sie bald ganz durchdrehen würde.

„Es muss von dem Medikament gekommen sein, das ihr der Arzt dort verschrieben hatte. Nachdem sie es in dem Pflegeheim nicht mehr bekam, war sie nach ein paar Tagen zwar immer noch vergesslich, aber nicht mehr so durcheinander."

Der Arzt in der Reha war nicht bereit gewesen, meiner Mutter ein anderes Medikament zu geben, erklärte ich ihr. „In das Pflegeheim, in dem sie zuletzt war, möchte ich meine Mutter auch nicht mehr geben. Nein, da soll sie auch nicht mehr hin! Ich weiß absolut nicht was ich machen soll! Immer hatte ich geglaubt und gehofft, meine Mutter könnte wieder zu uns nach Hause kommen!"

Die Schwester schaut mich verständnisvoll an und sagt freundlich, „zu Hause können Sie das aber nicht schaffen!"

„Ich weiß nicht, was ich machen soll," sage ich traurig. „Ich weiß absolut keinen Rat!"

Immer, wenn ich bei Mutti bin und die Schwester mich an Muttis Bett sitzen sieht, ist sie sehr liebenswürdig zu mir. Sie sieht wohl, dass ich heute sehr müde bin. Sie will mich auf der Stelle nach Hause schicken, ich soll mich ausruhen!

Mutti muss heute Morgen zum Röntgen. Ich begleite sie noch dorthin, damit sie nicht wieder unruhig wird, weil sie nicht weiß, was mit ihr passiert.

Sie schläft die ganze Zeit.

Danach fahre ich nach Hause, bin aber, trotz Müdigkeit, am Nachmittag wieder bei ihr.

In den nächsten Tagen bin ich voller Mitleid mit Mutti. Sie schaut mich immer so traurig und bittend an. Ich denke, sie möchte mit mir nach Hause gehen.
Dann bin ich wieder innerlich voller Wut und Aggression, weil sie mir so einen Stress macht!
Was soll ich denn bloß tun?
Ich habe die Verantwortung für sie!
Ich möchte, dass es ihr gut geht und sie nicht mehr fällt und leiden muss!
Kann ich bei uns zu Hause gut für sie sorgen?
Jetzt muss ich wieder entscheiden!
Ich habe die Nase gestrichen voll davon, irgendetwas entscheiden zu müssen!
Ich gerate voll in Panik, wenn ich daran denke, was ich machen soll!
Panik kriege ich auch, wenn ich an die Reha denke!
Sollte Mutti wieder in das Pflegeheim zurück verlegt werden, kann ich auch nicht ruhig sein!
Heute muss ich unbedingt ein Gespräch mit dem Stationsarzt führen. Gestern hatte Mutti schon im Stuhl gesessen, sie war so traurig, als ich kam.
Der Stationsarzt empfängt mich sehr freundlich. Er hat volles Verständnis für meine Probleme. Die Schwester hatte auch schon mit ihm darüber gesprochen. Er bespricht alles in Ruhe mit mir, ist auch nicht dafür, dass Mutti wieder in die Reha kommt, rät mir aber dringend, Mutti in ein Heim zu geben.
„Sie können das zu Hause nicht alleine bewältigen!
Es wäre doch besser, wenn Sie sich ausgeruht um

Ihre Mutter kümmern. Das geht nur, wenn sie in einem Heim ist. Ich mache ihnen einen Vorschlag! Ihre Mutter bleibt solange hier, bis sie ein gutes Heim gefunden haben!"

Nach dem Gespräch mit dem Arzt sehe ich etwas klarer.

Von dem Gedanken oder von dem Wusch, dass Mutti wieder zu uns kommt, muss ich mich wohl verabschieden. Es leuchtet mir ein, dass das im Moment nicht möglich ist.

Ich bin ein wenig erleichtert und auch dankbar, dass der Arzt mir die Möglichkeit gibt, alles in Ruhe zu planen.

Gleich, am nächsten Morgen fahre ich mit unserem Sohn in den Nachbarort. Dort gibt es ein Heim, das ich mir schon einmal angesehen hatte. Es gefiel mir ganz gut.

Wir haben Glück, die Heimleiterin, der ich Muttis ganze Geschichte in kurzen Sätzen erzähle, hat Verständnis. Es ist zwar im Moment kein Platz frei, aber sie will Mutti ab heute auf ihrer Warteliste an erste Stelle stellen. Sobald ein Platz frei wird, kann Mutti dort aufgenommen werden. Die Heimleiterin will mir unverzüglich Bescheid geben.

Am Nachmittag brauch ich nicht ins Krankenhaus. Meine Schwester und mein Schwager sind aus Hamburg gekommen und besuchen Mutti. Ich bin auch mal wieder fix und fertig. Nach einem kleinen Mittagsschlaf gehe ich in den Garten und ruhe mich aus.

Mutti ist nun seit einer Woche in der Klinik. Heute wird die nette Dame, die neben ihr liegt, entlassen. Nun ist niemand mehr da, der auf sie aufpasst.

Was mache ich bloß, damit sie nicht allein aufsteht und wieder hinfällt? Sie kann ja nun, nach dem zweiten Beinbruch, gar nicht mehr laufen. Sie kann nicht mal mehr alleine stehen!

Vor kurzem kam mir die Idee, ein großes Schild an ihrem Bett, auf dem ich ihr Anweisungen gab, würde sie vielleicht davon abhalten, alleine das Bett zu verlassen. Ich nahm es sofort in Angriff und besorgte mir ein Stück dicke, feste Pappe.

Klebte einen weißen Briefbogen darauf und bastelte, ebenfalls aus Pappe, einen Ständer für die Rückwand, sodass ich das Schild auf Muttis Nachttisch stellen konnte. Auf den weißen Briefbogen hatte ich vorher mit großen und fetten Buchstaben folgende Sätze geschrieben.

In der erste Reihe stand, „ Nie alleine aufstehen!"

In der zweiten, „Immer schellen."

Und in der dritten Reihe, „Roten Knopf drücken."

Die Anfangsworte unterstrich ich ganz dick mit einem roten Stift. Zwei Schilder fertigte ich an und stellte sofort eins davon auf Muttis Nachttisch und das zweite Schild kam auf den Tisch, an dem sie öfters in einem Sessel saß.

Sehr interessiert sah Mutti sich die Schilder an. Ihre Augen sind noch sehr gut und sie kann ohne Brille alles gut lesen. Genau liest sie durch, was auf dem Schild steht. Ich erkläre ihr, dass sie genau das tun muss, was auf dem Schild steht. Die Klingel war ganz in ihrer Nähe. Ich hatte es kaum zu hoffen gewagt, aber es klappte. Sie schellte tatsächlich, wenn sie auf die Toilette musste. Ihre Blase war wieder in Ordnung und das Bett wurde nicht mehr nass. Ich hatte es gewusst, dass es funktioniert.

Was für eine Erleichterung!

Auch ihre Rückenschmerzen waren durch die pünktliche Gabe der Tabletten weg. Sie war nun schmerzfrei und dadurch auch nicht mehr so unruhig.

Jetzt konnte ich auch viel besser mit Mutti reden.

„Mutti," sagte ich eines Morgens, als ich an ihrem Bett saß. „Du bist doch nun schon seit vielen Wochen in verschiedenen Krankenhäusern." Sie sah mich erstaunt an. Ich erklärte ihr, dass sie schon drei Mal gefallen war und sich beide Beine gebrochen hatte.

„So, wie habe ich das denn gemacht?" Ihre Augen ruhten ungläubig auf meinem Gesicht.

Ich erklärte es ihr und sagte, „Mutti, nun weiß ich nicht mehr was ich mit dir machen soll."

Ganz lieb sah sie mich an und meinte, „Du wirst schon das Richtige tun."

Ein paar Tage, nachdem der Stationsarzt mit mir gesprochen hatte, ging er in den Urlaub und eine Ärztin trat den Dienst an. Als ich Mutti an diesem Morgen besuchte, wurde ich unverzüglich zu ihr gebeten. Sie teilte mir mit, dass Mutti in den nächsten Tagen entlassen werden sollte. Länger als zwölf Tage könnte sie Mutti nicht im Krankenhaus behalten.

Ziemlich vor den Kopf gestoßen erklärte ich ihr die Sachlage und mein Gespräch mit dem Arzt und dass er mir zugesichert hatte, dass Mutti solange bleiben könnte, bis der Platz im Heim frei war.

Sie meinte, was der Arzt mir versprochen hätte, ginge sie nichts an! Sie müsste sich an die Krankenhausregeln halten und müsste Mutti bald entlassen!

Sie hatte nicht das geringste Verständnis für meine Probleme, sie war eiskalt. Ich hatte das Gefühl, dass es für sie nur Regeln gab, Menschen zählten nicht!

Ich bat sie dringend, noch ein wenig Geduld zu haben, bis der Platz im Heim frei sei. Schließlich gab sie nach. Nach langem hin und her entschied sie kurzum, „länger als eine Woche behalte ich Ihre Mutter nicht!"

Nun war es vorbei mit meiner kurzen Ruhepause, die ich dem netten, verständnisvollen Stationsarzt zu verdanken hatte. Jeden Tag rief ich im Heim an, um mich zu erkundigen, wann Mutti kommen könnte. Ich wurde jedes Mal, wenn auch sehr nett vertröstet, „im Moment ist nichts frei!"

Eine Riesenlast lag auf meinen Schultern. Was sollte ich machen, wenn nicht rechtzeitig ein Platz frei würde?

Wo konnte ich Mutti dann unterbringen?

Vorübergehend in ein anderes Heim kam nicht in Frage! Mutti hatte in den letzten Wochen schon in zu vielen Krankenhäusern gelegen. War zwei Mal in der Reha und zuletzt in einem Pflegeheim, jetzt sollte sie in das richtige Heim kommen, in dem sie bleiben konnte, denn die Hoffnung, dass sie wieder laufen lernte um zu uns zu kommen, war sehr geschrumpft, obwohl ich sie nicht völlig aufgab, aber erst mal musste sie nun in einem Heim unterbringen.

Im Krankenhaus gab es eine Sozialstation. Ich suchte sie auf und erhoffte mir hier Rat und Hilfe zu bekommen. Sie hörten sich die Geschichte mit all ihren Problemen an und versprachen, mit der Ärztin zu reden. Es war aber zwecklos, die Ärztin war unerbittlich. Traf ich sie zufällig, was öfters vorkam, auf dem Krankenhausflur, sah sie mich unfreundlich und kalt, ja geradezu spöttisch an.

Sicher gab es öfters solche Fälle, warum sollte sie bei meiner Mutter eine Ausnahme machen?

Ich verspürte einfach keine Lust mehr mit ihr zu reden. Es wäre auch zwecklos gewesen. Wie sehr bedauerte ich es, dass der nette Arzt nicht mehr da war. Warum musste er auch ausgerechnet jetzt in den Urlaub gehen?

Bei meinen morgendlichen Telefonaten mit der Heimleiterin erfuhr ich, dass ein Bett erst frei würde, wenn eine Bewohnerin verstorben war. Einigen Bewohnern ging es zwar im Moment sehr schlecht, aber wann ein Bett frei würde, konnte sie nicht sagen. Ich konnte doch jetzt nicht darauf hoffen, dass jemand stirbt, damit Mutti ein Bett bekam, das fand ich schon sehr makaber und unwürdig.

Die Woche, die Mutti noch im Krankenhaus bleiben konnte, verging sehr schnell. Zudem merkte ich auch, dass Mutti der Anblick und das Stöhnen der schwer kranken Frau in ihrem Zimmer, deren Bett jetzt neben Muttis stand, sehr zu schaffen machte. Es war nicht gut, sie noch länger dort zu lassen.

Ich entschloss mich, in dem Heim, in dem Mutti zuletzt zur Kurzzeitpflege untergebracht war, anzurufen. Schließlich war ich auch zu der Erkenntnis gekommen, dass es vielleicht doch besser wäre, wenn Mutti dorthin zurückkam. In einem neuen Heim würde doch erst mal alles wieder fremd für sie sein.

Umgehend rief ich die Heimleiterin an und erklärte ihr Muttis Zustand und fragte, ob Mutti in

ihr Zimmer zurückkommen könnte, eventuell für längere Zeit, bis sie vielleicht doch wieder einigermaßen laufen konnte.
Die Heimleiterin war sofort bereit, Mutti wieder aufzunehmen.

Mutti kam nun in das Heim zurück. Meine Erwartungen hatten sich bestätigt, ich hatte gleich den Eindruck, dass sie sich einigermaßen wohl fühlte. Ich entschloss mich, von jetzt ab jeden Tag zu ihr zu fahren, um sie dort zu betreuen, dabei nahm ich den weiten Weg zu ihr in Kauf.
Mittags ging ich von zu Hause los. Die Bushaltestelle war in unserer Nähe. Mit dem Bus fuhr ich eine gute halbe Stunde und musste dann noch eine ganze Strecke laufen. Eine Stunde brauchte ich, um zu ihr zu kommen.
Meistens nach dem Abendbrot, ich versuchte immer so lange wie möglich bei Mutti zu bleiben, ging es schnellen Schrittes, ich war immer sehr spät dran, wieder zur Bushaltestelle. Ich beeilte mich sehr, denn wenn ich den Bus verpasste, musste ich eine Stunde warten bis der nächste fuhr.
Gut hatte ich es, wenn Werner Zeit hatte, dann fuhren wir zusammen zu Mutti.
Meistens lag Mutti, wenn ich kam, noch im Bett. Nachdem sie ihren Mittagsschlaf beendet hatte, ging ich mit ihr in das gepflegte, goldene Café. Hier saßen wir sehr gemütlich, mit Blick in den schönen Park. Während Mutti ihren Kaffee trank, unterhielten wir uns gelegentlich mit anderen Heimbewohnern. Wenn ich mal nicht so früh zu Mutti kommen konnte, was eigentlich sehr selten war, hatte sie ihren Kaffee schon oben, in dem

kleinen Speisesaal, mit den anderen Damen auf ihrer Station, getrunken.

Alleine war Mutti, seit sie im Pflegeheim war, nie. Jeden Tag war ich bei ihr. An den Wochenenden und auch sonst, wenn Werner es einrichten konnte, fuhren wir zusammen zu ihr. Oft kamen auch unsere Kinder.

Einmal sind wir allerdings eine Woche verreist. Wir bekamen von meiner Schwester einen Gutschein für eine Reise geschenkt. Aber auch da war Mutti nicht einen Tag alleine. Da wurde sie von meiner Schwester, die direkt aus Hamburg anreiste, betreut. Auch unsere Schwiegertochter und Melanie fuhren täglich zu ihr.

Nach der gemütlichen Kaffeepause unternahmen wir kürzere oder auch längere Spaziergänge im Park und in der näheren Umgebung mit ihr. Es gab wunderschöne Anlagen und Wege, die durch kleine Waldstücke und herrliche Felder führten. Oder wir bummelten ganz gemütlich durch gepflegte Wohngebiete. Unterwegs setzten wir uns auf eine Bank und erzählten. Manchmal fragte ich Mutti nach dem schönen Platz an dem Teich in der Reha. Sie konnte sich immer gut daran erinnern.

Diese Spaziergänge am Nachmittag waren nicht nur für Mutti schön, auch uns taten sie sehr gut. War Werner bei uns, übernahm er das schieben des Rollstuhls, während ich neben Mutti ging und ihre Hand hielt. Das mochte sie besonders gern. Sobald wir losfuhren, steckte sie mir ihre Hand schon entgegen.

Im Winter kauften wir einen besonders großen, Lammfell gefütterten Fußsack. Mutti fror so leicht. In dem Fußsack saß sie mollig warm verpackt in ihrem Rollstuhl. Wir konnten bei Wind und Wetter mit ihr rausgehen.

Durch Zufall entdeckten wir im Spätsommer, ganz in der Nähe vom Heim einen wunderschön gelegenen See mit Strandbad. Inzwischen war schon August, aber das Wetter war immer noch wunderbar. Sonntags, aber auch in der Woche, wenn Werner Zeit hatte, packten wir unser Badezeug ein und nahmen, bevor wir zu Mutti gingen, erst mal ein kühles, erfrischendes Bad im See.

Das Strandbad gefiel uns auf Anhieb. Es lag sehr idyllisch zwischen Feldern und Wiesen und war von vielen, großen Bäumen umringt. Es hatte sogar einen Sandstrand. Überall am Rande des Strandes, auf einer großen, gepflegten Wiese, gab es weiße Bänke zum Sitzen. Wunderbar war es auch auf der Wiese, im Schatten der riesigen Bäume, auf unserer mitgebrachten Decke zu liegen. Über uns in den weit verzweigten Ästen das herrliche Grün der Blätter, deren grün mal heller und mal dunkler leuchtete, je nachdem wo die Strahlen der Sonne sie gerade trafen, und darüber der tiefblaue Himmel. Hier fühlten wir uns wie im Urlaub.

Nach der Zeit voller Aufregungen und Spannungen war das einfach herrlich. Des Öfteren fuhren wir auch am Abend, wenn Mutti schon im Bett lag, an den See. Setzten uns unter die schöne Pergola, die sich am Eingang des Strandbades befand und genossen, bei einem kühlen Getränk den tollen Anblick der untergehenden Sonne.

Als Mutti in das Heim zurückkam, stellte ich sofort das große Schild, das ich für sie geschrieben hatte,

damit sie nicht alleine aufstand, auf ihren Nachttisch. Im Krankenhaus hatte es so gut geklappt,
dass Mutti sogar nicht mehr fixiert werden musste.
Hier im Heim durfte Mutti nicht fixiert werden. Ich
konnte zwar veranlassen, dass das Gitter ans Bett
kam, aber mehr nicht. Nun hoffte ich sehr, dass
Mutti weiter meine Hinweise, die auf dem Schild
standen, beachtete.

Es ging auch die erste Zeit ganz gut, da fehlte ihr
wohl auch noch die Kraft dazu, alleine aufzustehen. Aber mit der Zeit beachtete sie das
Schild nicht mehr. Ich kam meistens am frühen
Nachmittag, wenn sie noch im Bett lag und passte
auf sie auf. Wenn ich sie dann ab und zu mal
fragte, „Mutti was machst du, wenn du auf die
Toilette musst?" bekam ich prompt zur Antwort,
„dann stehe ich auf."

„Mutti, sagte ich, du darfst doch nicht alleine
aufstehen, sieh mal, was auf dem Schild steht."

„Ja," sagte sie freundlich, „ das kenne ich doch!"
Beachten tat sie es allerdings nicht mehr. Bis jetzt
war alles gut gegangen und das Pflegepersonal und
die Nachtschwestern hatten gut auf sie aufgepasst.
Möglich, dass auch Frau Wende für sie geschellt
hatte. Mit der Zeit wurde Mutti aber wieder
mobiler und für ihr Alter hatte sie noch sehr gute
Bauchmuskeln. Ohne Mühe kam sie mit dem
Oberkörper hoch.

Gleich zu Anfang, als Mutti wieder ins Heim
zurückkam, hatte die Stationspflegerin einen
Antrag beim Gericht gestellt, damit ich für Mutti
die Betreuung bekam und dann entscheiden
konnte, was für Mutti das Beste war, da sie es ja
nicht mehr konnte. Mit allen Problemen, die sich
mit der Zeit einstellten, wurde ich auch vom Arzt

voll unterstützt. Nach einigen Wochen bekam ich vom Gericht die Bestätigung, dass ich nun alles für Mutti entscheiden konnte.

Nun kam wieder eine ganz schwierige Situation auf mich zu. Die Entscheidung, die ich für Mutti treffen musste, macht mir noch heute, nach so vielen Jahren Probleme!

Ob es wirklich richtig war?

Es lag nun voll in meiner Hand, ob ich es darauf ankommen ließ, ob Mutti wieder fiel, oder ob ich es dadurch verhinderte, dass ich Mutti nachts fixieren ließ. Mutti beachtete das Schild auf ihrem Nachttisch nicht mehr. Sie wusste auch nicht, dass ihre Beine gebrochen waren und sie viele Wochen im Krankenhaus gelegen hatte und in der Reha war. Erzählte ich allerdings von dem schönen Platz am Teich, im Park der Reha, konnte sie sich gut daran erinnern.

In den ersten Wochen nach dem Aufenthalt im Krankenhaus bekam Mutti im Heim Lauftherapien verordnet.

Dreimal in der Woche kam eine Therapeutin und stellte Mutti im Flur an eine Stange. Dort übte sie mit ihr das Laufen. In der ersten Zeit konnte Mutti kaum stehen, aber nach einiger Zeit konnte sie schon ein paar Schritte gehen. Jeden Tag, wenn ich alleine oder mit Werner da war, stellten wir Mutti ebenfalls an die Stange und übten mit ihr. Die Kraft reichte aber nicht mehr aus. Mutti war froh, wenn sie sich wieder in ihren Rollstuhl setzen konnte. Später bekam sie auch keine Therapien mehr verordnet.

Laufen lernte Mutti nicht mehr. Wenn sie aber im Bett lag und ohne Mühe mit dem Oberkörper hoch kam, glaubte sie, sie könnte laufen. Ich war in ständiger Sorge, dass sie wieder fallen würde. Als ich nun das Sorgerecht bekam, beriet ich mit dem Arzt, was geschehen sollte. Er war dafür, dass Mutti nachts fixiert wurde, er meinte, das wäre das kleinere Übel.

Auch die Schwestern unterstützten mich in dieser Hinsicht. Wir probierten es aus. Ein Gurt kam an Muttis Bett. Er wurde sehr locker um Mutti's Taille gelegt, sodass sie sich ohne weiteres damit umdrehen und auch aufrichten konnte. Später wurde er auch mittags umgelegt. Oft erlebte ich es, dass ich am frühen Nachmittag in ihr Zimmer kam und sie trotz Gurt auf der Bettkante saß. Sie wollte aufstehen. Frau Wende, in heller Aufregung, versuchte von ihrem Bett aus, Mutti davon zu überzeugen, dass sie liegen bleiben musste. Frau Wende war dann furchtbar verärgert über Muttis Unvernunft und konnte nicht verstehen, dass Mutti es einfach nicht begriff, dass sie nicht alleine aufstehen durfte und es immer wieder versuchte. Sie glaubte auch, da ich jeden Tag da war, um mich um Mutti zu kümmern, Mutti sei eine total verwöhnte Frau, die sowieso machte was sie wollte. Mutti konnte hingegen nicht begreifen, warum Frau Wende so aufgeregt war. Ich erklärte es ihr, aber nach kurzer Zeit war es ihr wieder entfallen.

In dieser Situation war ich doch recht froh, dass ich meine Einwilligung zu Fixierung schriftlich gegeben hatte. Aber es war Freiheitsberaubung und auch Quälerei, die ich vorher immer abgelehnt und verurteilt hatte!

Jetzt hatte ich selbst Mutti dazu verdonnert.

Geduldig ließ Mutti alles über sich ergehen. Sie hat sich nie beklagt, nicht einmal protestiert, oder sich darüber beschwert. Später, als Mutti hinfälliger wurde, ließen wir den Gurt weg.

Als Mutti aus dem Krankenhaus entlassen wurde, war sie schmerzfrei. Im Heim bekam sie nun weiterhin pünktlich die Tabletten. Nachdem Mutti einige Zeit schmerzfrei war, wurden die Tabletten ganz allmählich abgesetzt, bis sie keine mehr bekam.

Das Absetzen der Tabletten ging viel langsamer vor sich, als ich es früher gehandhabt habe. Zuerst bekam Mutti drei ganze Tabletten. Dann wurde immer eine halbe weggelassen. Das musste allerdings jedes Mal neu mit dem Arzt, der vierzehntätig kam, besprochen und schriftlich veranlasst werden. Ich hatte das ja schon früher bei mir zu Hause, oder auch als Mutti noch in ihrer Wohnung war, mit Erfolg praktiziert. Innerhalb von sechs Wochen waren die Tabletten abgebaut. Hier dauerte es Monate, aber so lange Mutti lebte, quälten sie keine Rückenschmerzen mehr.

Alle Entscheidungen, die ich traf, waren vorher mit meinen Geschwistern abgestimmt worden. Mein Bruder hatte nun die Wohnung von Mutti gekündigt und geräumt. Wir brauchten das Geld, das jeden Monat für die Miete draufging, für die Heimkosten, die Mutti selber von ihrer Rente und ihrem gesparten Geld bestritt. Ein wunderschönes Gemälde, das vorher in dem Wohnzimmer meiner Eltern gehangen hatte, kam nun in Muttis Zimmer. Wir hingen es gegenüber von ihrem Bett an die Wand, so dass sie es immer sehen konnte.

Auch ein kleineres Möbelstück, eine Kommode aus der Wohnung, stellten wir in ihrem Zimmer auf und dekorierten sie mit einigen netten Sachen. Mutti sollte das Gefühl haben, hier zu Hause zu sein. Das glaubte sie auch. Sie glaubte, nicht nur sie war hier zu Hause, wir alle, unsere ganze Familie würde hier wohnen.

Zu Anfang, wenn ich abends ging, hatte ich immer zu ihr gesagt, „tschüss Mutti, ich gehe jetzt."

„Wo gehst du denn hin?" Sie sah mich fragend an. „Ich denke du wohnst hier!"

Dann habe ich mir angewöhnt abends zu ihr zu sagen, „Mutti, ich gehe noch schnell einkaufen, bis nachher, schlaf erst mal eine Runde."

Das war für sie in Ordnung. Wir waren ja auch viel, jeden Tag bei ihr. Am Wochenende backte ich Kuchen und am Sonntag machten wir, je nach dem wie das Wetter war im Garten, an den Tischen mit den hübschen, weißen Sonnenschirmen, oder im goldenen Cafe, Kaffeeklatsch. Anschließend gingen wir alle zusammen spazieren. Auch unsere Kinder und Melanie kamen fast an jedem Wochenende zu ihr. Unser Familienleben spielte sich hauptsächlich bei Mutti ab.

Öfters kam auch meine Schwester mit dem Zug angereist und blieb den ganzen Tag bei ihr. Dann konnte ich mal zu Hause bleiben. Auch mein Bruder und meine Schwägerin, die in der ersten Zeit viel mit der Auflösung der Wohnung zu tun hatten, besuchten Mutti oft.

In dem Heim gab es für Mutti, hauptsächlich morgens, viel Abwechslung. Es gab den Sing und Spielkreis, der in dem kleineren Musik und Lesezimmer stattfand. Bei schönem Wetter wurde draußen gesungen, was den Bewohnern besonders gut gefiel. An anderen Tagen wurde Mutti zur Gymnastik in den großen Raum, in dem auch andere Veranstaltungen stattfanden, geschoben.

Einmal in der Woche kam der Friseur. So war Mutti morgens immer beschäftigt, und nach dem Mittagsschlaf war ich da.

Besonders gut gefiel Mutti ein Ausflug ans Steinhuder Meer. Zu der Zeit ging es Mutti auch relativ gut. An Nachmittagen, hauptsächlich im Herbst und im Winter, wenn man nicht so viel nach draußen gehen konnte, fanden in dem großen Saal herrliche Veranstaltungen statt. Fast alle vierzehn Tage nahmen wir an wunderschönen Konzerten oder auch an Liederabenden teil. Besonders genoss Mutti die Operettenkonzerte. Ich selbst habe noch nie so viele Konzerte besucht wie zu der Zeit, als Mutti im Heim war. Es war auch für mich eine große Bereicherung.

Besonders um die Weihnachts- und Silvesterzeit waren die Konzerte und Veranstaltungen besonders schön.

Zum Weihnachtsfest holten wir Mutti tagsüber zu unseren Kindern oder zu uns nach Hause.

Jeden Tag, wenn wir kamen und in Muttis Zimmer gingen, kamen wir zuerst an dem Bett von Frau Wende vorbei.

Wir begrüßten sie immer sehr nett und freundlich und unterhielten uns auch zwischendurch mit ihr. Das gefiel ihr sehr. Besonders wenn Werner kleine Späßchen mit ihr machte. Sie war schon, wie sie uns stolz erzählte, vierundneunzig Jahre alt. Sie lag allerdings den ganzen Tag in ihrem Bett. Nur zum Waschen und wenn sie auf die Toilette musste,

stand sie auf. Sie litt auch unter starken Rücken-schmerzen, die nur, wie sie sagte, mit Tropfen und einer bestimmten Sitzposition zu ertragen waren. Sie ließ sich nie zu Veranstaltungen bringen, auch nicht zur Weihnachtsfeier. Ihre einzige Freude und Abwechslung war ihre Tochter, die zwei Mal in der Woche kam und ihr Fernseher. Der wurde meistens am späten Nachmittag eingeschaltet. Sie war schwerhörig, stellte aber, wenn wir da waren, den Fernseher aus Rücksicht auf uns leise. Dadurch bekam sie vieles nicht mit. Bis um viertel vor zehn abends sah sie sich das Programm an. Waren wir nicht mehr da, stellte sie den Ton des Fernsehers laut. Das störte Mutti sehr. Schon, wenn Mutti nach dem Abendessen in ihr Zimmer kam und der Fernseher lief, sagte sie, „der kann aus!"
Frau Wende war dann sehr ärgerlich. Schließlich war es ihr einziges Vergnügen, wie sie sagte. Wir versuchten Frau Wende davon zu überzeugen einen Kopfhörer zu nehmen, dann könnte sie zu jeder Zeit alles verstehen und niemanden stören. Zuerst wollte sie davon nichts wissen. Dann ließ sie sich aber doch von einem Verwandten einen bringen und war begeistert. Mutti bekam mit Frau Wende nie richtig Kontakt.

Einige der Damen und Herren, die in dem Heim wohnten, fühlten sich hier sehr wohl. Meistens waren das Personen, die selbst entschieden hatten, dort zu wohnen. Sie waren in Wohnungen, die sich in einem anderen Gebäude der Residenz befanden, untergebracht. Sie hatten auch die Möglichkeit sich selbst zu versorgen. Die meisten von ihnen gingen jedoch zum Essen in den vornehmen, goldenen Speisesaal. Einige Damen unter ihnen waren

immer sehr schick und elegant gekleidet. Ihr
äußeres Erscheinungsbild wirkte sehr vornehm. Sie
trafen sich fast ausschließlich am Morgen zum
Frühstück im goldenen Speisesaal.

An schönen, sonnigen Tagen im Sommer spielten
sie oft im Garten Krocket, oder sie saßen bei
weniger schönem Wetter in dem kleinen Café, das
sehr gemütlich war und spielten Karten.

Auch auf der Pflegestation, auf der Mutti wohnte,
waren Damen, die sich selbst entschieden hatten,
dort zu leben. Sie waren mit ihrem Schicksal
einverstanden. Doch sehr oft, wenn ein Pflegeplatz
frei wurde, kamen Personen unfreiwillig auf die
Station. Sie wurden meistens direkt aus dem
Krankenhaus hierher gebracht.

Viele bittere Tränen flossen täglich.

Neben Mutti im Speisezimmer auf ihrer Station
saß eines Tages eine dreiundneunzigjährige Frau.
Sie war fast blind, aber sonst noch einigermaßen
mobil. Hier im Heim kannte sie sich überhaupt
nicht aus und musste immer geführt werden, was
aus Zeitmangel nicht immer gut funktionierte.

Sie war ohne ihre Einwilligung hierher gebracht
worden! Darüber, und dass sie nun voll und ganz
auf fremde Hilfe angewiesen war, war sie sehr
betroffen. Sehr betrübt und maßlos traurig saß sie
beim Essen neben Mutti am Tisch. Die Tränen
liefen ihr unaufhaltsam die Wangen hinunter. Vor
lauter Weinen kam sie kaum zum Essen. Ich kannte
ja ihre Wohnung und die Umstände, in denen sie
gelebt hatte nicht. Ich konnte nicht beurteilen ob es
erforderlich war, dass sie in einem Heim leben
musste! Aber ich erinnerte mich gut an unsere
Tante Elise, die auch fast blind, ohne jegliche
Hilfe, bis zu ihrem Ableben mit neunzig Jahren in

ihrem Haus in London gelebt hatte und gut zurecht gekommen war.

Die Dame tat mir sehr leid. Ich tröstete sie, sprach ihr Mut zu und half ihr beim Essen. Leider bekam sie nur sehr selten, fast nie Besuch.

Anfang des Jahres, am sechsten März, wurde Mutti neunzig Jahre. Der schöne, große Saal, in dem wir oft Konzerte hörten, konnte auch für private Feiern genutzt werden. Wir planten für Mutti eine schöne Geburtstagsfeier. Ich hatte schon alle ihre noch lebenden Geschwister und ihre näheren Verwandten eingeladen. Mutti hatte ich nichts von unserem Vorhaben erzählt, es sollte für sie eine Überraschung werden.

Wir backten viele Kuchen und bereiteten alles vor. In dem großen Saal wollten wir für Mutti eine große, mit Blumen und Kerzen geschmückte Kaffeetafel aufbauen. Es sollte alles sehr festlich aussehen. Ich freute mich schon sehr auf diesen Tag.

Als ich einen Tag vor ihrem Geburtstag zu ihr komme, sitzt sie völlig zusammengesunken in ihrem Rollstuhl. Sie hatte Fieber!

Ich bat die Pflegerin, Mutti ins Bett zu legen.

Was nun?

Alles war geplant!

Ihre Geschwister und einige Verwandte wollten von nah und fern anreisen. Ich beriet mich mit der Pflegerin.Wir beschlossen abzuwarten und hofften, dass es Mutti am nächsten Tag, ihrem Geburtstag, besser ging.

Heute nun ist Muttis neunzigster Geburtstag.

Schon morgens fahren Werner und ich zu ihr. Jemand von der Gemeinde und ein Pastor wollen zum Gratulieren kommen. Mutti liegt im Bett. Es geht ihr etwas besser, aber das Fieber ist noch nicht ganz weg. Wir halten es für besser sie im Bett zu lassen. Über die Glückwünsche und die hübschen Blumensträuße, die man ihr überreicht, freut sie sich sehr. Sehr nett und freundlich unterhält sie sich mit dem Pastor und der Gemeindevertreterin. Man merkt ihr nicht an, dass sie krank ist. Die Pflegerin meint, als der Besuch gegangen ist, dass es eventuell doch möglich ist, Mutti am Nachmittag für eine Stunde aufstehen zu lassen, damit sie mit ihren Gästen Kaffee trinken kann.

Sie weiß natürlich nichts von dem, was sie am Nachmittag erwartet, es soll ja eine Überraschung für sie werden. Jetzt soll sie sich erst mal ausruhen, ihren Mittagsschlaf machen und Kräfte für den Nachmittag sammeln.

Deshalb verabschieden wir uns schnell von ihr, wir haben noch eine Menge mit den Vorbereitungen zu tun.

Eilig fahren wir nach Hause. Das Mittagessen lassen wir heute ausfallen. Ich nehme nur, so ganz nebenbei, eine Kleinigkeit zu mir, damit ich bei Kräften bleibe. Alles, was wir schon am Vortag zubereiteten hatten, Kuchen und leckere Torten, dazu die hübschen Servietten, die Kerzen und den Blumenschmuck, eben alles, was man für eine festliche Kaffeetafel braucht, packen wir ein. Tassen, Teller und Besteck bekommen wir vom Heim zur Verfügung gestellt. Sogar den Kaffee bekommen wir von der Heimküche spendiert.

Wieder im Heim bereiten wir alles für die Feier vor. Danach gehen wir wieder zu Mutti. Heute, zu ihrem Festtag, bekommt sie ihr schickes, blaues Kleid, das sie zu ihrer Diamantenen Hochzeit getragen hat, an. Sie sieht gut aus. Allerdings ist sie doch ein wenig mitgenommen, das merkt man ihr schon an. In der letzten Zeit hat sie sehr abgebaut und ist viel schlanker geworden. Durch das Fieber, das noch nicht ganz weg ist, ist sie auch noch ein wenig angegriffen.

Ihre Augen werden große und erstaunt als wir sie nach unten fahren und die Tür zum Saal öffnen. Ihr Blick gleitet über die große, festlich geschmückte Kaffeetafel und zu ihren, pünktlich eingetroffenen Geburtstagsgästen, die nun alle auf sie zukommen. Umringt von ihren Geschwistern und Verwandten, die sie teilweise sehr lange nicht gesehen hat, wird sie auf das herzlichste begrüßt. Auf ihrem Gesicht sieht man maßloses Erstaunen, sie ist regelrecht überwältigt. Dann bricht die Begrüßung, mit vielen Umarmungen und Küssen los. Alle sind glücklich, sich wieder zu sehen.

Dass es ihr neunzigster Geburtstag ist, ist ihr nicht bewusst. Als ich sie neulich, im goldenen Café, in dem wir gemütlich saßen und unseren Kaffee tranken fragte, „Mutti wie alt bist du?" antwortete sie ein bisschen zögernd und mit fragendem Blick, „sechzig? "

Ich musste lächeln, denn auch mich machte sie viel jünger als ich wirklich war. Als ich ihr dann erklärte, dass sie bald neunzig Jahre würde, sah sie mich ungläubig an.

„ Neunzig!" sagte sie staunend.

Mit großer Freude sehe ich nun, wie sie alle erkennt und mit ihren Namen begrüßt.

Immer, solange Mutti lebte, hat sie mich und alle anderen von der Familie erkannt. Nie wieder war sie so durcheinander und verwirrt, wie in der Zeit, als sie in der Reha war, auch wenn sie krank und zeitweilig Schwach war.

Ja, es war eine sehr schöne Geburtstagsfeier! Wir wollten Mutti natürlich nicht überanstrengen und brachten sie deshalb nach zwei Stunden auf ihr Zimmer zurück. Auch zwei Pflegerinnen, von denen sie immer gut betreut wurde, hatten sich für eine Stunde zu uns gesellt.

In der ersten Zeit, als Mutti im Heim war, lief alles ganz gut. Wenn Werner mich begleiten konnte blieben wir bis Mutti ihr Abendesse eingenommen hatte. Nach dem Abendessen saßen wir mit ihr noch etwas zusammen. Fast alle Bewohner, die auf ihrer Station lebten, wollten sofort nach dem Essen ins Bett. Keiner hatte Geduld. Das war für das Pflegepersonal natürlich nicht zu schaffen. Wir saßen mit Mutti im Flur, auf einer gepolsterten Sitzgruppe und sahen zu, wie einer nach dem anderen in ihren Zimmern verschwand und ins Bett gebracht wurde. Oft war es so, dass einige der Damen, die auch an Demenz litten, kaum, als sie im Bett lagen, wieder aufstanden und auf dem Flur, im Nachthemd erschienen. Eine Dame kam besonders oft auf den Flur und erzählte, dass sie noch einen wichtigen Termin hätte und mit dem Zug fahren müsste. Sie war eine sehr gebildete Frau, das merkte man an ihre Ausdrucksweise. Die Pflegerinnen, die mit den anderen Bewohnern beschäftigt waren, sahen es nicht gleich. Werner versuchte die Dame zu beruhigen und brachte sie wieder zurück in ihr Zimmer, das sie mit einer sehr rüstigen, fast fünfundneunzigjährigen Dame, teilte. Nach kurzer Zeit war sie aber wieder auf dem Flur. Wieder redete Werner ihr gut zu und brachte sie zurück. So verfuhr er auch mit den anderen Damen. Werner war bei ihnen sehr beliebt. Fast jeden Abend zur Abendbrotzeit kam auch ein Herr, der seine Mutter besuchte. Auch die ältere Dame von fünfundneunzig Jahren, die trotz ihres hohen Alters noch ganz natürliche dunkle Haare hatte, bekam jeden Tag Besuch von ihren Kindern. Sie war noch sehr rüstig, man konnte sich gut mit ihr unterhalten. Als es Mutti später sehr schlecht ging, ging sie jeden Tag in Muttis Zimmer, um sie zu besuchen. Ich erfuhr später, dass sie hundert und ein Jahr alt geworden ist.

Erst Anfang des neuen Jahres, als Mutti hinfälliger wurde, hatte ich mit vielen Problemen zu kämpfen. Das lag in erster Linie an dem oft mangelndem Personal. Besonders an den Wochenenden, an denen Aushilfspflegekräfte eingesetzt wurden, die die einzelnen Bewohner mit ihren Problemen und Schwächen nicht kannten, war es problematisch. Das war oft sehr ärgerlich. In der Woche, wenn das gewohnte Personal da war, hatte ich kaum Schwierigkeiten.
Da Mutti sehr abgebaut hatte, klappte es mit ihrer Blase auch nicht mehr so gut und sie bekam Vorlagen um. In der ersten Zeit, als Mutti noch stehen konnte, habe ich sie immer, wenn ich bei ihr war, zur Toilette begleitet. Das ging später aber nicht mehr.
Als wir an einem Sonntag bei ihr sind, verlangte Mutti nach der Toilette für das große Geschäft. Ich sage der Pflegerin Bescheid und stehe mit Mutti

sage und schreibe, ganze zehn Minuten vor der Toilettentür. Als sie nach mehrmaliger Mahnung endlich kommt sagte sie in barschem Ton zu Mutti, „Sie haben heute schon abgeführt, jetzt gibt es erst mal Abendessen!"

Ohne Rücksicht auf meinen Protest, nimmt sie kurzerhand Muttis Rollstuhl und schiebt ihn in den Speiseraum. Irgendwie ist der Druck, zur Toiletten gehen zu müssen bei Mutti weg. Nach dem Abendessen sagte sie wieder, „ich muss!"

Wieder gehe ich zur Pflegerin. Sie kümmerte sich nicht im Geringsten um meine Bitte, Mutti nun endlich auf die Toilette zu setzen! Ganz gelassen und frech meinte sie, „jetzt muss ich erst mal das Geschirr abräumen!"

„Und wenn meine Mutter in die Hosen macht?" sagte ich aufgebracht. Inzwischen war ich schon sehr, sehr ärgerlich.

„Macht nichts, sie hat ja eine Windel um!" bekomme ich von ihr in patzigem Ton zu hören.

Erst auf unseren massiven Einspruch, setzte sie Mutti auf die Toilette. Mutti erledigt sofort ihr Geschäft.

Am nächsten Tag bin ich gleich morgens am Telefon und beschwere mich bei der Pflegeleitung. Danach klappte es, wenn ich da bin, besser.

Aber was ist, wenn ich morgens nicht da bin?

In letzter Zeit merke ich auch, dass Mutti oft so komisch auf ihrem Stuhl rumrutscht, als wenn sie etwas verdrängen wollte. Ich ahnte schon was los war und fragte sie. Meistens musste sie dann auf die Toilette. Ich glaube, dass Mutti irgendwie eingeschüchtert ist. Sicher, oft ist es so, dass sie das Gefühl hat, als wenn sie müsste und wenn sie dann auf der Toilette sitzt, klappt es nicht. Das ist natürlich für das Personal, das sowieso schon knapp besetzt ist, mehr Arbeit. Möglich, dass sie mit Mutti dann ärgerlich sind und schimpfen. Mutti will ja niemandem zur Last fallen, also sagt sie nichts und versuchte es zu verdrängen.

Die Pflege im Heim ist sehr teuer. Mutti bezahlte alles voll von ihrer nicht allzu großen Rente und von ihrem mit viel Mühe und Entbehrungen gesparten Geld. Dafür soll sie auch eine gute Pflege bekommen. Darauf hat sie einfach Anspruch!

Dafür setze ich mich ein, das ist meine Pflicht! Ich habe das Sorgerecht für sie und muss bemüht sein, dass alles gut läuft und es ihr gut geht.

Kurz vor Ostern kränkelte Mutti wieder. Eigentlich geht es ihr seit ihrem Geburtstag nicht gut.

Als wir an einem Wochenende zu ihr kommen, kann sie kaum sitzen. Sie hängt mehr vor lauter Schwäche in ihrem Rollstuhl. Sie hat wieder Fieber! Die Pflegerin bringt sie ins Bett und lässt einen Arzt kommen. Der Arzt kann im Moment nichts feststellen, er vermutet, dass eventuell eine Lungenentzündung dahinter steckt. Mutti soll zum Röntgen in ein Krankenhaus.vWir sind froh, dass der Arzt eine Überweisung für das Krankenhaus an unserem Wohnort ausstellt und den Krankenwagen anfordert.

Auch imvKrankenhaus kann man zuerst nichts feststellen. Es soll daran liegen, dass Mutti beim Röntgen nicht stehen kann!

Das Fieber will aber nicht weichen, man vermutet, dass Mutti ausgetrocknet ist. In letzter Zeit hatte sie, trotz meiner Bemühungen viel zu wenig getrunken.

Jeden Nachmittag, wenn ich im Heim bei ihr war, hatte ich große Mühen damit, dass sie wenigstens drei kleine Gläser mit Mineralwasser, oder auch andere Getränken, zu sich nahm. Ein kleiner Schluck, dann hatte sie schon genug. Auch essen wollte sie nicht so richtig. Ich hatte schon vor längerer Zeit eine Emulsion gekauft, in der alle nötigen Vitamine enthalten sind. Jeden Tag bekam sie davon einen vollen Esslöffel.

Im Krankenhaus bekommt sie nun zusätzlich noch zu ihrem Essen Astronautennahrung und viele Infusionen, damit ihr Flüssigkeitshaushalt wieder in Ordnung kommt. Schließlich stellte man doch fest, dass sie an einer Lungenentzündung leidet. Sie bekommt entsprechende Medikamente.

Ostern geht es ihr besonders schlecht!

Wir befürchten schon das Schlimmste!

Sie rappelte sich aber wieder auf. Nach zwei Wochen Krankenhausaufenthalt kann sie wieder entlassen werden.

Mutti geht es jetzt wesentlich besser als in den Wochen vorher. Durch die viele Flüssigkeit, die sie im Krankenhaus bekommen hat, funktioniert auch ihr Gedächtnis viel besser. Ich kann mich wieder mit ihr unterhalten. Sie hatte aber sichtlich abgenommen. Ihr Gaumen ist geschrumpft, so dass ihre Zähne nicht mehr richtig am Gaumen halten und runterrutschen. Im Augenblick kann sie nur Suppen essen. Eines Nachmittags fahre ich sie in ihrem Rollstuhl zum Zahnarzt. Nun wird ihr Gebiss unterfüttern, damit es wieder fest sitzt. Einen Besuch beim Zahnarzt hätte ich vor dem Krankenhausaufenthalt gar nicht wagen können.

Ein paar gute Wochen liegen vor uns. Es ist wieder Sommer und wieder heiß.

Im Frühjahr hatte ich plötzlich Schmerzen im Fuß bekommen. Wenn ich viel lief, wurde er ganz dick. Deshalb nehme ich jetzt eine andere Route, um zu Mutti zu kommen.
Zuerst fahre ich von unserem Wohnort aus mit einem Bus in die nächste Großstadt, zur S-Bahn. Mit der Stadtbahn brauche ich nur einige Stationen fahren um dann wieder in einen Bus zu steigen, der kurz vor dem Heim hält.
Jeden Tag nehme ich für Mutti gezuckerte Erdbeeren mit, die sie so gerne mag. Auch heute habe ich wieder eine Schale Erdbeeren mit. Wegen der Wärme bin ich ganz leicht mit einem langen, luftigen, weißen Leinenrock, der gerade in Mode ist, angezogen. Damit die Erdbeeren, die ich in einen Plastikbehälter und zusätzlich noch in einen Beutel verpackt habe nicht umfallen, nehme ich den Beutel in der S-Bahn auf meinen Schoß.
Anscheinend ist der Plastikbehälter nicht richtig zu. Als ich aus der Stadtbahn aussteige, sehen mich die Leute so komisch und verwundert an.
Ich frage mich, was so außergewöhnliches an mir ist? Schaue auf meinen Rock und bekomme einen gewaltigen Schreck! Im Schoß entdeckte ich einen großen, roten Fleck. Das sieht ja fürchterlich aus!
Der Saft muss ausgelaufen sein und machte sich inzwischen auch auf der Rückseite des Rockes breit. Zwischen meinen Beinen klebt es ebenfalls gewaltig.
Für lange Überlegungen blieb mir aber keine Zeit. Drüben steht der Bus, der nur einmal in der Stunde fährt. Ich muss ihn unbedingt bekommen.

Ich halte den Beutel mit den Erdbeeren vor meinen Bauch, um wenigstens vorne alles zu verdecken. Renne schnell zum Bus, stürme hinein und setze mich flink auf den vordersten Sitz, gleich hinter den Fahrer. Es ist mir egal, was die Leute denken. Es sind nur ein paar Stationen zu fahren, bis der Bus in der Nähe des Heimes hält. Flink steige ich aus, renne über die Straße bis zum Eingang des Heims, rase die Treppen rauf und schnell ins Zimmer meiner Mutter.

Die guckt ganz entsetzt, als sie mich sieht.

„Mach dir keine Sorgen Mutti, das ist nur Erdbeersaft," sage ich lachend.

Frau Wend sieht mich auch ganz verdutzt an und lacht mit.

Schnell ziehe ich den Rock aus, hole mir von Mutti einen Rock aus ihrem Schrank und ziehe ihn an. Im Bad wasche ich meinen Rock schnell durch und hänge ihn zum Trocknen auf den Balkon.

Es ist heiß, sehr heiß sogar. Mein Rock ist schnell getrocknet und wir genießen den restlichen Nachmittag im Garten mit leckerem Eiskaffee.

Oft, wenn ich jetzt am frühen Nachmittag komme, sitzt Mutti schon mit mehreren Damen und den Pflegerinnen an dem großen Teich mit den wunderschön blühenden Seerosen und den Goldfischen, die gemütlich ihre Runden drehen, und trinkt Eiskaffee.

Der Teich liegt im Hof, zwischen den beiden Gebäuden der Residenz, die mit der überdachten Brücke und dem Pavillon verbunden sind. Hier ist es schattig und nicht so heiß wie im Garten, der vor dem Haus liegt.

Auch dieser Sommer, es ist der zweite, seit Mutti bei uns gefallen war, steht dem letzten Sommer in nichts nach. Oft steigt das Thermometer auf zweiunddreißig Grad. Welch eine Wohltat für mich, wenn der Bus endlich vor dem Heim angekommen ist und hält und ich der Hitze des Busses, der keine Klimaanlage hat, entfliehen kann.

Wie schön ist es dann und wie gut es tut, so gemütlich mit Mutti am Teich den Nachmittag zu verbringen. Ich kann schon eine ganze Menge Wärme vertragen, aber in dem Bus, der mich zum Heim fährt, ist es fürchterlich. Der erste Bus, mit dem ich, fahre hat eine Klimaanlage, das geht noch, in der Stadtbahn ist es schon viel wärmer, aber das letzte Stück Fahrt mit dem Bus ist die reinste Sauna.

An manchen Tagen kann ich mit Mutti nicht raus gehen. Sie hat eine rote Stelle am Po. Damit es nicht schlimmer wird, muss sie im Bett liegen bleiben. Sie wird alle zwei Stunden gedreht, damit sie nicht immer auf der gleichen Seite liegt. Ganz streng wird darauf geachtet, dass Mutti nicht durchliegt.

Es ist schade, dass wir dann nicht nach draußen können, aber es ist sehr gut, dass hier so gut darauf geachtet wird. Sehr leicht kann die schon rote Stelle aufgehen, das wäre sehr schmerzhaft für Mutti. Nach ihrem Krankenhausaufenthalt hat sie nicht zugenommen, sondern ist noch dünner geworden. Dadurch kann sie oft sehr schlecht sitzen und hat Schmerzen am Po. Nachdem die Entzündung wieder abgeheilt und verschwunden ist, kann sie jedoch immer noch nicht gut sitzen.

Wir probieren alle möglichen Unterlagen und Kissen aus. Nach einer halben Stunde stöhnt Mutti schon und muss wieder zurück ins Bett gelegt werden. Das ist zu schade bei dem schönen Wetter. Bisher hat sie auf einem Ring aus Latex gesessen. Wir probieren es jetzt mit zwei von diesen Ringen. Darauf kann sie wesentlich länger sitzen, aber leider ist ein Ring oft verschwunden. Er wurde wohl für eine andere Bewohnerin gebraucht. Dann muss ich erst zusehen, dass ich einen zweiten Ring auftreiben kann.

Das sind kleinere Probleme, aber ärgerlich wurde ich, als ich an einen Sonntagmorgen mit Werner zu ihr komme. Ein Fest war angesagt, das um halb elf beginnen sollte. Wir wollten mit Mutti pünktlich zur Veranstaltung gehen.

Um zwanzig nach zehn sind wir im Heim. Schnellen Schrittes eilen wir die Treppen hinauf, gehen in ihr Zimmer und sehen, dass Mutti noch im Bett liegt. Sie hat keine Zähne im Mund.

Sofort hole ich die Pflegerin und bitte sie freundlich Mutti anzuziehen. Ich eile ins Bad, um Muttis Zähne zu holen, damit die Pflegerin sie ihr einsetzen kann. Die Zähne sind nicht da, der Becher ist leer!

Auf meine Frage an die Pflegerin, wo denn die Zähne von meiner Mutter sein können, reagiert sie sehr unfreundlich, richtig widerlich. Anstatt, das sie sich um Mutti kümmert, damit sie aus dem Bett kommt, und wir mit ihr zu der Veranstaltung gehen können, beschäftigt sie sich lieber mit dem Bett. Mir platzt schließlich der Geduldsfaden, ich hatte mich heute Morgen schon sehr beeilt, damit wir pünktlich hier sein konnten.

„Seien Sie doch bitte nicht so unfreundlich zu mir und fangen sie endlich an, meine Mutter anzuziehen," sage ich zwar freundlich, aber bestimmt, zu ihr.

Da ich Mutti ohne Zähne im Bett angetroffen habe, die für viel Geld unterfüttert wurden, frage ich mich, was sie wohl zum Frühstück zu essen bekommen hat?

Vielleicht hat sie überhaupt noch kein Frühstück bekommen!

Von meinem Bruder erfahre ich, dass Mutti um zehn Uhr an dem Sonntag davor noch nicht gefrühstückt hatte! Um halb zwölf gibt es schon wieder Mittagessen!

Nach der Veranstaltung gehen wir mit Mutti zum Mittagessen. Als ich sehe, was sie heute serviert bekommt, flippe ich endgültig aus.

Eine ganz dünne, wässerige Tomatensuppe ist alles, was man ihr reicht! Als ich höre, dass sie zum Frühstück auch nur eine Suppe bekommen hat, geht mir ein Licht auf, warum sie keine Zähne im Mund hatte. Wenn die Zähne aber nicht immer im Mund sind, passen sie bald überhaupt nicht mehr.

Als ich heute morgen kam, war ich schon ärgerlich, jetzt bin ich wütend, schließlich bin ich jeden Tag hier, ich kann doch nicht schon am Morgen da sein, um zu sehen, dass alles so läuft wie es besprochen war.

Einige Male hatte ich mich schon mit der zuständigen Pflegerin darüber unterhalten, was Mutti essen kann. Als die Zähne zum Unterfüttern beim Zahnarzt waren, sollte Mutti nur für ein paar Tage Suppe bekommen, danach wieder normale Kost. Anscheinend ist das nicht beachtet worden! Jetzt kann ich mir auch erklären, warum Mutti so abgemagert ist und ihr das Sitzen so schwer fällt.

Werner, der zwischendurch weggefahren war und nun wieder da ist, geht in die Küche, um für Mutti ein richtiges Mittagessen zu besorgen. Ich versuche es ihr anzureichen, aber sie kaut nicht richtig, spuckt alles, was fest ist, wieder aus dem Mund. Sie kann auch nicht richtig kauen, die Zähne sind locker. Die Pflegerin hat sie ihr heute Morgen nicht vorschriftsmäßig am Gaumen mit Haftcreme befestigt.

Ich bin echt sauer und schon am frühen Mittag voll genervt. Morgen, nehme ich mir vor, werde ich mich sofort beschweren!

Mutti ist seit ein paar Wochen gut drauf. Sie kann auf den zwei Ringen einigermaßen gut sitzen.

Um ihr eine Freude zu machen, es wäre auch eine tolle Abwechslung für sie, wollen wir mit ihr einen Ausflug nach Hamburg zu meiner Schwester machen. Mutti ist immer gerne verreist und auch heute, als ich ihr davon erzähle, begeistert. Mit der Pflegerin vereinbaren wir, dass wir am nächsten Tag um zehn Uhr da sind, um Mutti abzuholen.

Es klappt wunderbar. Mutti genießt die Autofahrt und freut sich, dass sie mit uns bei meiner Schwester sein kann. Alles ist wie früher für sie. Mittags macht sie ein kleines Schläfchen und ist den ganzen Nachmittag beim Kaffeeklatsch gut drauf. Wir haben es nicht eilig, Mutti muss nicht zum Abendessen zurück sein. Das Abendessen genießen wir noch in Hamburg und machen uns am frühen Abend auf den Heimweg.

Mutti sitzt im Auto auch auf einem Ring. Doch auf der Rückfahrt hat sie Probleme mit dem Sitzen.

Wir halten öfters an, um es ihr bequemer zu machen. Als wir ein ganzes Stück gefahren sind, kramt Mutti in ihrer Handtasche rum. Ich frage, „Mutti was suchst du denn?"

„Ich suche meinen Haustürschlüssel," bekomme ich zur Antwort.

„Mutti," sage ich ganz überrascht, „du brauchst deine Schlüssel heute nicht, du wohnst im Moment woanders."

„So," sagt sie ganz erstaunt, „da bin ich jetzt aber ganz enttäuscht, wo wohne ich denn?"

Ich versuche es ihr zu erklären, doch sie unterbricht mich.

„Ist egal, du wirst schon wissen wo ich wohne," sagt sie ganz gelassen.

Es war ein besonders schöner Tag!

Das Wetter war auch gut, nicht so heiß wie in der letzten Zeit. Wir wollen den Ausflug bald, wenn möglich, wiederholen.

Der Tag in Hamburg ist Mutti sehr gut bekommen. In der nächsten Zeit ist sie nicht so müde, wie sie vorher öfters war. Sie erzählt und stellt sogar Fragen, bloß mit dem Sitzen gibt es viele Probleme. Doch ausgerechnet an dem Tag, an dem ich Besuch für sie eingeladen habe, um zu zeigen, dass es ihr gut geht, sitzt sie den ganzen Nachmittag mit gesenktem Kopf in ihrem Rollstuhl und schläft.

Jetzt geht es mit Mutti auf und ab. Manchmal ist sie so müde, dass sie tagelang nicht aufstehen möchte, dann ist sie wieder munter. Öfters hängt sie, wenn ich komme, vor Müdigkeit in ihrem Rollstuhl und das Sitzen fällt ihr schwer.

Als ich heute kam, war Mutti so durcheinander, da habe ich den netten Pfleger, der seit ein paar Tagen da ist, gebeten, Mutti gleich wieder ins Bett zu legen. Der Pfleger ist sehr hilfsbereit, man kann mit ihm gut über alles sprechen und er hat viel Verständnis.

An manchen Tagen, wenn es mit dem Sitzen überhaupt nicht klappt, hilft er mir öfters, Mutti wieder in eine neue Sitzposition zu bringen. Ich hoffe sehr, dass er bleibt.

Ja, die Probleme, die Mutti beim Sitzen hat, bereiten mir viele Sorgen. Schließlich möchte ich, wenn es Mutti einigermaßen gut geht, dass sie nicht nur im Bett liegen muss. So oft wie möglich möchte ich mit ihr nach draußen gehen und mit ihr an Veranstaltungen teilnehmen. Ich möchte ihr noch ein bisschen Lebensqualität bieten. Im Bett würde sie nur dösen und lange liegen kann sie auch nicht. Auch im Bett hat sie Beschwerden und muss laufend anders hingelegt werden. Das lange Liegen wäre für sie auch nicht gut.

Wir haben schon alle Möglichkeiten, die es gibt, um das Sitzen bequemer zu machen, ausprobiert. Tagelang habe ich nachgedacht, was man noch machen könnte. Wir haben im Keller von unserer alten Couch, noch ein paar Kissen aus Latex. Daraus basteln wir für Muttis Rollstuhl ein neues Kissen. Auf diesem Kissen kann sie wesentlich besser sitzen, allerdings nur, wenn sie von den Pflegekräften richtig drauf gesetzt wird. Das klappt sehr selten.

Es ist Ferienzeit und alle guten Pflegerinnen und Pfleger sind im Urlaub. Die Aushilfskräfte, die nun täglich wechseln, sind sehr nachlässig und geben sich nicht viel Mühe.

Oft, wenn ich komme, sehe ich Muttis schmerzverzerrtes Gesicht und bin sehr ärgerlich. Wieder hängt sie mehr im Rollstuhl, als dass sie sitzt. Sie muss mit dem Po ganz nach hinten, damit sie mit dem Rücken an der Rückenlehne Halt hat. Stattdessen ist der Po vorne und sie hängt nach hinten.

Mutti lässt alles über sich ergehen und beklagt sich nicht. Aber ich bin aufgebracht, denn fast jeden Tag erkläre ich neu, wie Mutti sitzen muss. Wenn ich dann darüber nachdenke, dass Mutti morgens, wenn ich nicht da bin, nur mit Schmerzen sitzt, wird mir ganz schlecht. Ich bin froh, wenn die Ferienzeit um ist, damit die Pflegerinnen wieder da sind, die Mutti kennen. Aber auch da funktioniert es nicht immer, da an den Wochenenden immer anderes Pflegepersonal, von einer Zeitarbeitsfirma eingesetzt wird.

Mit dem Essen gibt es auch Schwierigkeiten. Alle festen Speisen schiebt Mutti wieder aus dem Mund. Ich gebe ihr jeden Tag den Sirup mit den Vitaminen. Besonders achte ich darauf, dass sie genug trinkt.

Den ganzen Nachmittag während des Spaziergangs verbringe ich damit, ihr etwas zu trinken anzubieten. Kaffee geht noch einigermaßen, aber von allen anderen Getränken nimmt sie nur einen ganz kleinen Schluck. Mit Mühe und Not trinkt sie manchmal ein kleines Glas Malzbier.

Das Abendessen, ich bleibe immer so lange, bis Mutti gegessen hat und im Bett liegt, hole ich für sie in den Garten. Wir sitzen dort ganz gemütlich an einem Tisch und ich bin froh, wenn sie ihr Brot, wenn auch sehr langsam, gegessen hat.

Später hat sie mit dem Schlucken so große Probleme, da bekommt sie nur noch Suppen. Das Brot will nicht mehr so richtig rutschen. Oft bringe ich ihr von zu Hause eine frisch gekochte Suppe mit viel zerkleinertem Gemüse mit. Die isst sie am liebsten.

Inzwischen ist August. Im Heim gibt es ein Sommerfest, das wegen des schönen Wetters im Garten stattfindet. Werner und ich sind pünktlich da. Mutti geht es heute gut.

Den ganzen Nachmittag sitzt sie, ohne zu klagen, in ihrem Rollstuhl und sieht den vielen, sehr schönen Darbietungen zu. Sie isst sogar am Abend ein kleines Brot. Wir sind froh, dass wir heute mit Mutti einen so schönen Tag verbringen konnten.

Am Samstag treffen wir Mutti wieder ohne ihre Zähne im Aufenthaltsraum an. An ihrem Gesicht sehen wir gleich, dass etwas nicht stimmt. Ihr Arm zittert richtig, als sie sagt, dass ihr der Po so weh tut.

Wir bringen sie in ihr Zimmer, legen sie vorsichtig ins Bett und sehen, dass ihr Bein aufgeschlagen ist. Ich bin entsetzt und versuche aus Mutti heraus-zubekommen, wie das passiert ist. Sie weiß von nichts. Auch das Personal weiß nichts oder will es nicht wissen! Ich kann mir vorstellen, wie es geschehen ist!

Wir haben es oft genug mitbekommen, wenn Mutti abends aus dem Rollstuhl ins Bett gehoben wird. Eine Pflegerin greift unter ihre Arme und hebt sie mit Schwung ins Bett. Dabei muss Ihr Bein wahrscheinlich an den Rollstuhl geschlagen sein. Diese Methode, Mutti aus dem Rollstuhl zu heben, ist für sie auch sehr unangenehm. Jedes Mal gibt Mutti dabei ein lautes Stöhnen von sich.

In letzter Zeit bin ich so frustriert, dass ich schon darüber nachdenke, Mutti in ein anderes Heim zu bringen. Etwas besser wird es, als die Urlaubszeit zu Ende ist und das Pflegepersonal wieder vollzählig da ist.

Der nette Pfleger hat es nicht lange in diesem Heim ausgehalten, war nur kurze Zeit da. Er war mit vielen Sachen, was die Pflege betraf, nicht einverstanden und wechselte in ein anderes Heim.

Es ist immer noch sehr heiß, heute haben wir wieder zweiunddreißig Grad. Ich kann heute zu Hause bleiben, meine Schwester kommt trotz großer Hitze aus Hamburg. Mutti soll nun heute endlich eine Infusion bekommen. Sie trinkt nicht genug! Schon seit längerer Zeit hatte ich darauf gedrängt.

Was meine Schwester mir am nächsten Tag am Telefon berichtet, gibt mir nun endgültig den Rest. Sofort, bevor wir noch heute am Nachmittag zu Mutti ins Zimmer gehen, suchen wir die Dame auf die die Pflegeleitung hat und beschweren uns.

Eine sehr junge, neue Aushilfspflegerin konnte Mutti beim ins Bett legen nicht mehr halten. Mutti ist aus ihren Armen gerutscht und auf den Boden geglitten. Frau Wende, die immer zu Mutti rüber schaut, wenn sie ins Bett gebracht wird, hat es gesehen und meiner Schwester erzählt. Mutti weiß natürlich von nichts und wir können von Glück sagen, dass nichts passiert ist! In den nächsten Tagen gebe ich eine schriftliche Beschwerde ab.

Die junge Pflegerin streitet alle Vorwürfe ab und Frau Wende, die trotz ihres hohen Alters noch im vollen Besitz ihrer geistigen Kräfte ist, wird natürlich nicht geglaubt.

Sie hat, als es passierte, noch zu der jungen Pflegerin gesagt, „warum holen Sie keine Hilfe, wenn Sie es allein nicht schaffen!"

Daraufhin hat die junge Pflegerin eine andere Pflegerin zu Hilfe gerufen. Auch die streitet alles ab. Meine Schwester hat schon gestern bei ihrem Besuch bei Mutti eine Pflegerin auf den Vorfall angesprochen. Die wusste angeblich von dem Vorfall nichts. Sie behauptete, Mutti würde immer von zwei Leuten versorgt. Das stimmt ja nun absolut nicht. Schließlich bin ich fast immer jeden Abend dabei, wenn Mutti ins Bett gebracht wird. Ich habe dabei noch nie zwei Pflegekräfte gesehen. Eine Untersuchung des Falles beginnt. Aber jeder streitet alles ab, keiner will etwas wissen.

Ich habe nichts anderes erwartet!

Am Schluss werden wir beschuldigt, den Vorfall nicht gleich gemeldet zu haben.

Ich bin so sauer, ich habe so einen enormen Frust, dass ich drohe, den Fall der Krankenkasse zu melden. Außerdem kündige ich an, das Pflegegeld zu kürzen.

Diese Drohung wirkt!

Ab sofort soll Mutti nun mit zwei Pflegekräften versorgt werden.

Wenn ich jetzt ins Heim komme, sitzt Mutti immer richtig in ihrem Rollstuhl. Auch die Infusion ist ihr gut bekommen. Ich hatte ihr heute eine Suppe aus Broccoli mitgenommen. Obwohl ich alles ganz fein passiert hatte, schmeißt sie noch die allerkleinsten Stücke raus. Auch die Tablette, die sie nehmen muss, kommt wieder zurück. Erst als ich sie aufweiche, kann Mutti sie schlucken.

Die vielen Probleme in letzter Zeit machen mir zu schaffen! Ich bin so traurig, wenn ich mit ansehen muss, wie Mutti sich quält. Sie kann nicht mehr lange sitzen, sie ist so kraftlos und klagt über Schmerzen. Als ich heute dabei war, als sie schon sehr früh, vor dem Abendessen, ins Bett gebracht wurde, habe ich gesehen, wie dünn sie geworden ist. Sie ist erschreckend mager!

Ihre Beckenknochen standen richtig raus, ich musste dabei, so makaber es klingt, an die halb verhungerten, indischen Kühe denken.

Es tut mir so leid, dass Mutti sich so quälen muss.

Ich habe ein wenig Halsschmerzen und ein Gerstenkorn. Bestimmt habe ich im Bus Zugluft bekommen. Bei der Hitze sind viele Fenster auf, es ist immer Durchzug.

Ich möchte gerne zu Hause bleiben, aber es geht nicht! Ich hatte mir vorgenommen, Mutti heute für die Nacht mehrere dünne Hemden mitzunehmen. In ihren Nachthemden schwitzt sie zu sehr. Ich entschließe mich, doch zu ihr zu fahren.

Als ich komme, sitzt sie schon sehr aufrecht in ihrem Rollstuhl. Allerdings lässt sie den Kopf hängen, sodass ich nicht mit ihr sprechen kann. Ich gebe ihr einen Begrüßungskuss und mit ihr in den Park. Dort gibt es eine schöne Bank, auf die ich mich erst mal hinsetze, um mich von der Hitze des Busses zu erholen. Ihren Kaffee habe ich heute mitgenommen. Ich bin sehr erstaunt, wie gut Mutti heute trinkt! Im Laufe des Nachmittags wird sie immer munterer, ich kann mich sogar mit ihr ein wenig unterhalten. Trotzdem sorge ich dafür, dass sie sofort nach dem Abendessen ins Bett kommt. Dabei fällt mir auf, dass sie außen, an der rechten Seite des Pos, eine wunde Stelle hat. Das kommt vom rechts und links liegen. Sehr froh bin ich über die Anordnung, dass Mutti nur noch mit zwei Pflegekräften ganz sanft ins Bett gehoben wird. Sie stöhnt nicht mehr so dabei!

Komischerweise musste ich ihnen erst zeigen, wie das gehandhabt wird. Werner und ich haben Mutti schon oft, wenn sie nicht mehr sitzen konnte, oder wenn sie müde war, ins Bett gelegt. Als ich sah, wie umständlich sie Mutti aus dem Rollstuhl gehoben haben und sich dann beide erst einmal drehen mussten, um Mutti dann ins Bett zu legen, zeigte ich ihnen, wie es besser geht. Der Pfleger sagte heute zu mir, „ so geht es viel leichter."

Als ich am nächsten Tag komme, liegt Mutti noch im Bett. Eine neue Pflegerin ist da. Sie kommt ins Zimmer und will Mutti alleine aus dem Bett heben. Ich frage sie ganz höflich, ob sie die Anweisung nicht kennt, dass Mutti nur noch zu zweit versorgt werden darf. Sie sagt mir ganz frech ins Gesicht, „natürlich weiß ich das, aber ich kann Ihre Mutter alleine heben."

„Ich möchte aber nicht, dass sie es alleine machen," sage ich sehr bestimmt zu ihr.

Widerwillig läuft sie los und holt noch eine zweite Pflegekraft.

Am nächsten Morgen rufe ich die Stationspflegerin an. Sie ist schließlich dafür verantwortlich, dass alle Anweisungen befolgt werden. Sie ist nicht mal erstaunt, als ich mich beschwere, ganz locker und gelassen sagt sie zu mir, „die neue Pflegerin kann es alleine!"

Ich bin maßlos empört!
Nun sehe ich, dass alle Anweisungen nicht befolgt werden. Es ist einfach zum Kotzen!
Wenn ich was sage, sind sie noch beleidigt! Ich bin ihnen wahrscheinlich zu unbequem!
Wie schön könnte doch alles sein!
Schließlich geht es hier um das Wohl meiner Mutter, da kann ich nicht einfach zusehen, da kann ich nicht schweigen.

Am nächsten Wochenende ist Mutti ganz daneben. Den ganzen Nachmittag lässt ihren Kopf hängen. Auch ihr Gebiss stört sie, sie möchte es nicht im Mund haben. Kaum hatte ich es ihr wieder eingesetzt, da nimmt sie es wieder heraus. Sie will auch nicht trinken. Ich versuche trotzdem ein wenig Flüssigkeit in sie hinein zu bekommen, doch sie lässt alles wieder aus dem Mund herauslaufen.
Der Sonntag verläuft ähnlich.
Ich bin ganz und gar verzweifelt.
Als ich am Montagmittag zu ihr fahre, ist mir nicht sehr wohl bei dem Gedanken, was mich heute wieder erwarten würde.
Mutti empfängt mich mit einem kleinen Lächeln und sagt, „ich freue mich, dass du kommst."
Nanu, das hat sie ja noch nie zu mir gesagt!
Ist das möglich, nach diesem Wochenende?
Das habe ich absolut nicht erwartet!
Ich bin völlig platt!
Freudig nehme sie in den Arm und drücke einen dicken Kuss auf ihre Wange.
Heute machen wir einen großen Spaziergang durch die Felder. Mutti ist den ganzen Nachmittag gut drauf. Ich kann mich sogar mit ihr unterhalten! Sie erzählt viel. Glücklich fahre ich am Abend nach

Hause. Sofort, als Werner aus dem Geschäft kommt, erzähle ich ihm von Muttis gutem Befinden. Er ist erstaunt und kann es kaum glauben. Schließlich haben wir beide am Wochenende erlebt, wie schlecht es ihr ging. Am nächsten Tag hat Werner Zeit, wir fahren zusammen zu Mutti. Wir sind beide sehr gespannt auf das, was uns heute erwartet.

Mutti liegt ganz munter in ihrem Bett. Nachdem wir sie in den Rollstuhl gesetzt und im goldenen Speisesaal, Kaffee getrunken haben, gehen wir mit ihr spazieren. Ich gehe an Muttis Seite, während Werner den Rollstuhl schiebt, dabei greift sie sogar wie vor einiger Zeit, als es ihr noch gut ging, nach meiner Hand. Den ganzen Nachmittag plaudern wir munter drauf los.
Ich bin so glücklich!
Trotzdem bin ich mit meinen Gefühlen hin und her gerissen. Die letzten zwei Tage waren prima. Wenn ich Mutti dann aber wieder so müde und kaputt hängen sehe denke ich, es wäre besser, wenn sie einschlafen würde, es ist doch für sie alles nur noch Quälerei.
Im nächsten Moment bin ich total erschüttert über meine Gedanken.
Wie kann ich nur so was denken!
Sie würde mir schrecklich fehlen!
Ich möchte Mutti noch lange behalten!
Die Fahrerei zu ihr macht mir wirklich nichts aus. Ich mache es sehr gerne, kann mir schon gar nichts anderes mehr vorstellen. Wenn nur nicht immer diese Ärgernisse mit dem Pflegepersonal wären.

Es ist Anfang September, das Wetter ist prima, schön, aber nicht zu heiß. In diesen Tagen ist ein Fest im Garten angesagt.

Mutti geht es immer noch gut. Sie sitzt in ihrem Rollstuhl und lauscht den Klängen der Musik und den Liedern, die eine Band vorträgt. Einige Lieder, die sie kennt, singt sie sogar mit. Besonders ein Lied hat es ihr angetan. Es ist ein Lied aus dem Erzgebirge, Muttis Heimat. Allerdings ist sie schon im Alter von zwei Jahren mit ihren Eltern und Geschwistern dort weggezogen, aber es sind noch viele Verwandte dort. Als das Lied beendet ist, bitte ich den Sänger, für Mutti noch ein Lied zu singen.

Er singt das Lied, „ Ist Feierabend."

Voller Begeisterung und Freude über dieses Lied, singt sie Strophe für Strophe mit. Als das Fest beendet ist, gehen wir noch ein wenig mit ihr spazieren und genießen das Abendessen im Garten. Das war ein herrlicher, ein wunderschöner Tag!

Ich freue mich so, dass es Mutti gut geht. In den nächsten zwei Tage ist ihr Befinden unverändert.

Das Pflegepersonal ist im Moment besonders nett zu uns. Wir bekommen sogar im Garten Eiskaffee serviert. Mutti kann gut sitzen, alles ist prima!

Zum Abendessen sitzen wir immer noch draußen im Garten. Mutti isst sogar eine halbe Scheibe Brot. Das war schon lange nicht mehr so. In letzter Zeit hat sie nichts festes, sondern nur flüssige Nahrung zu sich genommen.

Am Sonntag sind unsere Kinder und Melanie da. Mutti war anfangs etwas müde, aber abends ist sie so munter, sie verlangt noch nicht mal nach dem Bett! Dadurch gelangte auch mein Traum, den ich vor einigen Tagen hatte und der so realistisch war

und mir den ganzen Tag zu schaffen gemacht hart,
vollkommen in Vergessenheit.

Ich träumte, Mutti sei gestorben!
Ich habe im Traum so schrecklich geweint, dass
ich vor lauter Schluchzen aufgewacht bin. Von
diesem Traum war ich innerlich so aufgewühlt, ich
musste ihn erst mal verarbeiten. Selbst beim
Frühstück konnte ich mit Werner nicht darüber
sprechen. Werner fuhr ins Geschäft, ich sah ihn erst
am Abend wieder. Auch später habe ich ihm nichts
davon erzählt. Nur einer Nachbarin, die ich am
Mittag auf dem Weg zu Mutti traf, erzählte ich von
meinem Traum. Als ich dann zu Mutti ins Heim
kam und sie mich so lieb begrüßte, wie schon
lange nicht mehr und den ganzen Nachmittag so
gut drauf war, habe ich auch nicht mehr an meinen
Traum gedacht. Schließlich ist es ja auch kein
Wunder, dass man so etwas träumt, wenn man mit
ansehen muss, dass Mutti oft so hinfällig, erschöpft
und müde ist. Jetzt ging es ihr schon bald eine
ganze Woche wieder gut. Das kam sicher von der
Infusion, die sie bekommen hatte. In zwei Tagen
bekommt sie wieder eine.

Als ich am Montagnachmittag zu ihr komme, ist
alles schon wieder vorbei. Mutti ist entsetzlich
müde. Den Kaffee hat sie aber getrunken. Es ist
herrliches Sommerwetter, schön warm, gar nicht
heiß, doch sehr windig.
Ich mache mit Mutti trotz ihrer Müdigkeit einen
schönen Spaziergang durch die Felder. Hoffe, dass
sie dadurch, wie schon schon des öfteren munterer
wird und ihre Müdigkeit überwindet. Sie ist aber
so desinteressiert, will auch unterwegs nichts mehr

trinken und lässt immer nur den Kopf hängen. Meine ganze Mühe, sie ein wenig aufzumuntern, ist vergebens. Ich bin innerlich etwas verstimmt, denke, nun machst du dir schon den weiten Weg und sie will nicht. Die ganze Woche vorher ging es ihr doch so gut! Doch sie wird immer matter und müder. Schließlich bringe ich sie auf ihr Zimmer. Eine nette Pflegerin legt Mutti sofort ins Bett. Die Pflegerin ist immer sehr freundlich und hilfsbereit. Wenn sie da ist, brauchte ich mir keine Sorgen machen, dann läuft alles prima.

Mutti schläft gleich ein. Es war erst fünf Uhr. Normalerweise lasse ich sie ein wenig schlafen und bleibe solange, bis sie ihr Abendbrot zu sich genommen hat, damit ich auch weiß, dass sie genug getrunken hat. Heute entschließe ich mich allerdings, gleich nach Hause zu fahren und bitte die Pflegerin, Mutti das Abendessen zu reichen. Bei uns zu Hause herrscht Chaos. Wir hatten einen Wasserschaden. Zwei Zimmer mussten geräumt werden, das Schlafzimmer und ein Kinderzimmer. Wir schliefen schon seit einiger Zeit im Büro. Bei uns war alles vollkommen durcheinander. Der ganze Kleiderschrank musste leer geräumt werden, alles hing nun auf irgendwelchen provisorischen Ständern auf dem Flur, im Bad und im Büro.

Ich bin so traurig, ja ich mache mir die größten Vorwürfe, dass ich nicht länger bei Mutti geblieben bin und ihr das Abendessen gegeben habe.

Warum bin ich bloß nicht geblieben?

Es wäre das allerletzte Mal gewesen, ihr das Essen zu reichen. Ich habe es versäumt, hielt meinen Haushalt für wichtiger. Ich bezweifle auch, dass sie abends noch etwas zu essen oder zu trinken bekommen hat. Am nächsten Morgen stand die flüssige Nahrung, die sie seit einiger Zeit bekam, noch da. Sicher war sie zu müde gewesen! Als ich gestern, am späten Nachmittag, von ihr ging und ich sie so müde im Bett liegen sah, hatte ich ein ganz komisches Gefühl. Schnell verwarf ich meine negativen Gedanken. In letzter Zeit hatte ich schon oft gedacht, „jetzt ist es so weit" und habe Panik bekommen.

„Mach dich nicht unnütz verrückt, es wird schon nichts sein, solche Tiefpunkt hatte Mutti in letzter Zeit schon öfters. Morgen bekommt sie wieder eine Infusion, dann wird es wieder besser werden," damit schob ich meine nicht allzu guten Gedanken beiseite.

Einigermaßen entspannt fuhr ich nach Hause und freute mich auf die abendliche, kleine Radtour, die wir in der letzten Zeit öfters, sehr spät am Abend, noch unternahmen. Der Herbst stand vor der Tür, dieses kleine Vergnügen würde uns bald, wenn das schlechte Wetter einsetzte, nicht mehr vergönnt sein.

Drittes Kapitel

Abschied!

Noch heute spüre ich es, das zarte und sanfte Gefühl auf meiner Haut. Zuerst als du noch etwas kräftiger warst, hast du unsere Hand und den Arm hinauf, bis zum Ellenbogen gestreichelt. Doch als du dann schwächer und matter wurdest, wurde auch das Streicheln immer etwas weniger. In diesem Streicheln lag so etwas beruhigendes, zärtliches und liebevolles. Sicher wolltest du uns damit alles das, das du uns jetzt nicht mehr sagen konntest, mitteilen. Nach diesem schrecklichen Schlaganfall waren deine letzten Kräfte dahin. Du konntest nichts mehr, nicht mehr sprechen, nicht mehr essen, nicht mehr schlucken, du konntest dich auch nicht mehr bewegen. Nur in diesem einen Arm war dir noch ein wenig Kraft geblieben. Sicher wolltest du uns trösten, dabei saßen wir an deinem Bett, um dich zu trösten.

Zum Schluss, als deine Kräfte dann ganz nach- ließen, merkten wir, wenn deine Hand in unserer lag, wie deine Finger sich ganz leicht bewegten, es war nur noch ein ganz leichtes Zittern.

Ich erinnere mich an einen ganz besonderen, ja schönen Nachmittag. Es war der Vorletzte. Zuerst, als ich kam, schliefst du ganz ruhig und sanft. Du warst eigentlich immer, nach dem Schlaganfall, bis auf ganz wenige Ausnahmen, ruhig.

Als du dann wach wurdest, saß ich an deinem Bett. Ich hatte wieder die Kerze angezündet und den Rekorder angestellt. Wir beide lauschten, während die Kerze auf deinem Nachtisch flackerte, den

lieblichen Klängen der Musik und dem Vogel-
gezwitscher.

Ich hielt deine Hand in meiner. Dein Streicheln war
nur noch ein ganz leises Zittern. Ich summte oder
pfiff leise die Melodie, die aus dem Lautsprecher
des Rekorders tönte, mit. Du konntest ja nicht
mehr sprechen, deine Zunge war gelähmt. Dir
gefiel die Musik und du summtest ganz leise mit.
Wir beide waren uns so nah. Mich überfiel ein
unsägliches, glückliches Gefühl. Du wurdest
überhaupt nicht müde. Den ganzen Nachmittag
hörten wir der Musik zu. Wir wussten beide, dass
uns nur noch sehr wenig Zeit blieb, aber in diesen
Minuten dachten wir nicht daran. Wir genossen
einfach den Augenblick, die wenigen Stunden, die
Minuten, diese Zeit gehörte uns. Niemals werde
ich es vergessen! Immer wird es in meinem Herzen
sein! Ich bin sehr dankbar, dass ich diesen
Nachmittag mit dir erleben durfte.

Ja, der Abschied war sehr nahe. Obwohl der
Gesundheitszustand von Mutti oft sehr schlecht
war, habe ich den Gedanken daran immer ver-
drängt. Auch an diesem Morgen ahnte ich nichts
Schlimmes, als das Telefon ging. Ich war schon
öfters vom Heim angerufen worden. Eine Pflegerin
war am Telefon. Sie teilte mir mit, dass Mutti einen
Schlaganfall erlitten hatte und sofort ins Krankenhaus gebracht werden soll.

Die Ärztin war schon informiert, damit sie die
Papiere, die für den Transport und den dringend
nötigen Krankenhausaufenthalt benötigt wurden,
fertig zu machen.

Ich hatte versucht, meinen Schreck, der mich nach
dem Anruf mit aller Macht überfallen hatte,

schnell zu überwinden und bat die Pflegerin am Telefon, „bitte warten Sie mit dem Transport ins Krankenhaus!" Ich komme sofort, bin in zehn Minuten bei Ihnen, ich möchte meine Mutter vorher noch sehen!"

Schnell suchte ich die Telefonnummer der Ärztin aus unserem Verzeichnis raus und rief sie an. Sie war mit meinem Vorhaben einverstanden und wollte ebenfalls sofort ins Heim kommen. Ich habe Glück, dass Werner noch da ist. Er lässt alles stehen und liegen und fährt mich eiligst zu Mutti.

Bei unserer Ankunft haste ich aus dem Auto und renne, ohne nach links und rechts zu sehen durch die Eingangshalle, dann die Treppen in das obere Stockwerk rauf und stürme in Muttis Zimmer. Als ich sie in ihrem Bett liegen sehe, stockt mir der Atem! Vor ihrem Mund steht weißer Schaum. Sie sieht entsetzlich mitgenommen aus und ist nicht ansprechbar.

Die beiden Pflegerinnen, die Mutti immer gut versorgt haben, sind bei ihr. Ich bespreche mit ihnen die momentane Situation. Jetzt hängt alles von mir ab, ich muss schnell entscheiden, was geschehen soll. Von Muttis Anblick bin ich so geschockt, ich weiß absolut nicht was ich denken, geschweige, was ich entscheiden soll. Innerlich sträubt sich alles in mir, Mutti jetzt, in diesem schlimmen, ja fürchterlichen Zustand, den Stress eines Krankentransportes und dem dann not-wendigen Aufenthalt im Krankenhaus, zuzumuten. Der Transport, die Aufnahme und alles was damit verbunden war, wollte ich ihr ersparen. Es wäre die reinste Tortur für sie. Ich befürchtet auch, dass sie den Transport nicht überleben würde, so schlecht schätzte ich ihren Zustand ein.

Mutti hatte einen Schlaganfall erlitten.

Die beiden Pflegerinnen beraten sich mit mir eingehend. Sie erklären mir, dass nach ihrer Erfahrung die Patienten, die ebenfalls einen Schlaganfall erlitten hatten, auch bei sofortiger Einlieferung in ein Krankenhaus, kaum Besserung erfahren hätten. Im Krankenhaus bekämen die Patienten auch nur Infusionen.

Ich wollte nicht, dass Mutti ins Krankenhaus kam und dort eventuell auch noch einen Bauchkatheter eingesetzt bekam. Sie würde künstlich ernährt und müsste vielleicht noch Wochen oder monatelang dahin siechen. Alles deutete darauf hin, dass Mutti vollkommen gelähmt war und auch nicht mehr essen konnte. Auf jeden Fall wollte ich ihr, wie es ihrem Wunsch entsprach, ein langes Siechtum ersparen.

Die Pflegerinnen stimmten mir zu.

Ich bat sie, die Ärztin zu informieren, ob es überhaupt möglich war, dass Mutti hier im Heim bleiben könnte.

Die Ärztin kam sofort und legte Mutti eine Infusion. Sie war mit meiner Entscheidung voll einverstanden. Auch sie bestätigte mir, dass auch im Krankenhaus die Patienten in den ersten vierundzwanzig Stunden nur Infusionen bekamen. Die Ärztin war sehr nett und versprach, mich in allem zu unterstützen.

Sie fand meine Entscheidung nicht nur sehr mutig, sondern auch sehr richtig.

Nachdem ich meine Schwester und meinen Bruder informiert hatte, die noch am gleichen Tag an Muttis Bett eilten, saß ich den ganzen Tag bei ihr. Ich beruhigte sie, machte ihr Mut, streichelte sie und hielt ihre Hand. Sie war schrecklich müde und konnte ihre Augen nicht öffnen, aber ihre Hand war immer in Bewegung. Sie fühlte meine Hand und den ganzen Arm ab. Daran merkte ich, dass sie wusste, dass ich bei ihr war. Erst am nächsten Tag, als unser Sohn kam, machte sie die Augen ein ganz klein wenig auf. Ihr Zustand hatte sich aber sonst nicht verändert. Ihre Zunge hing kraftlos aus dem Mund. Sie konnte nicht sprechen, nicht trinken, nicht essen, nur die eine Hand bewegen, mit der sie uns, wenn sie nicht schlief, ununterbrochen streichelte.

Die Ärztin und auch das ganze Pflegepersonal, die sich alle sehr liebevoll um Mutti bemühten, waren voll mit meinem Entschluss einverstanden und gaben mir Rückendeckung, denn ich saß oft sehr verzweifelt und maßlos traurig an Muttis Bett. Die Frage, ob ich die richtige Entscheidung getroffen hatte, quälte mich sehr. Die Tränen schossen mir aus den Augen, wenn ich Mutti so elend da liegen sah, wie sie litt und dass der Moment bald kam, an dem ich von ihr Abschied nehmen musste.

Ich konnte den Gedanken nicht ertragen, konnte meine Tränen einfach nicht zurückhalten und musste aus dem Zimmer gehen, damit Mutti nicht sah, dass ich weinte. Mutti merkte aber, wenn ich wieder an ihrem Bett saß, dass ich traurig war und streichelte und drückte meine Hand. Sie war immer, wenn ich oder ein anderer da war, sehr ruhig. Nur ab und zu kam ein ganz kleines Stöhnen aus ihrem Mund, aus dem ihre dick ange-schwollene Zunge heraus hing, aber sonst ließ sie sich nicht anmerken, wie es ihr ging.

Bevor ich an dem nächsten Morgen zu Mutti fuhr, rief ich erst im Heim an und fragte nach ihrem

Zustand. Das hielt ich auch in den nächsten Tagen so. Ich bekam immer eine sehr beruhigende Auskunft. Am Abend ging ich erst nach Hause, wenn ich sah, dass sie tief und fest schlief. Das war schon meistens lange nach acht Uhr.

Als ich am dritten Tag zu ihr kam, bekam ich einen gehörigen Schreck. Über Nacht hatte sich in ihrem Hals ein dicker, gelber Schleim gebildet, der ihr aus dem Mund floss. Sie hatte große Probleme mit dem Atmen, sie röchelte schwer.

Ich war entsetzt!

Eine Pflegerin war bei ihr und saugte den Schleim ab. Danach lag Mutti nur noch auf der Seite, damit sie nicht erstickte.

Mit meiner Entscheidung, Mutti nicht in die Klinik gegeben zu haben, stand ich wieder gehörig auf Kriegsfuß.

War sie richtig gewesen?

Die Ärztin, die ich in meiner Aufregung anrief, kam sofort und beruhigte mich wieder.

Sie ging mit mir auf den Flur und erklärte mir, dass es nun ganz schnell mit Mutti zu Ende gehen könnte.

Mutti war so tapfer. Ich tröstete sie und sagte, „nun lassen wir dich nicht mehr alleine!"

Ich rief wieder meine Geschwister an.

Am Nachmittag kamen sie. Werner war fast immer bei mir. Er unterstütze mich, wo er nur konnte. Wenn ich aus dem Zimmer ging, saß er an Muttis Bett und hielt ihre Hand, streichelte sie und sprach ganz beruhigend auf sie ein. Er tröstete auch mich, wenn ich ganz verzweifelt war und wieder aus dem Zimmer gehen musste, damit Mutti nicht merkte, wie traurig ich war. Er machte mir Mut und gab mir neue Kraft. Ohne ihn hätte ich das nicht geschafft.

Als meine Geschwister am Nachmittag eintrafen, beschlossen wir, einen Pastor zu holen.

Er kam sofort. Sehr nett und äußerst liebenswürdig begrüßte er uns. Er schlug uns vor, dass wir gemeinsam für Mutti, an ihrem Bett beten und eine kleine Feier abhalten sollten.

Tiefergriffen standen wir während der Feier, die er sehr, sehr feierlich gestaltete und dabei Muttis Hand in der seinen hielt, an ihrem Bett. Mutti wurde zusehends ruhiger. Beim Abschied ließ er uns wissen, dass wir ihn jederzeit, ob am Tag, oder in der Nacht, anrufen könnten, er würde sofort kommen.

Nun rechneten wir, in den nächsten Stunden, oder vielleicht auch Tagen, mit dem Schlimmsten. Nun wollten wir Mutti nicht mehr alleine lassen. Werner und ich sind den ganzen Tag bei Mutti, erst am Abend gegen neun oder zehn Uhr, fuhren wir nach Hause. Dann kam einer unserer Söhne. Sie blieben die ganze Nacht bei ihrer Omi. Am nächsten Morgen bringt Werner mich schon um sechs Uhr wieder zu Mutti. Ganz besonders aufopfernd war unsere Schwiegertochter. Sie war zwei Nächte hintereinander bei Mutti. Und wie liebevoll sich alle um Mutti bemühten, wir haben die allerbesten Kinder.

An einem der nächsten Morgen sah ich, als ich ins Zimmer trat, dass Mutti sich verändert hatte, sie sah viel besser aus. Ihre Zunge war nicht mehr so geschwollen und hing nicht mehr so weit aus dem Mund. Wir stellten auch fest, dass sie alles, was wir redeten, hören konnte.

Ich sprach sie an und sagte, „Mutti, wenn du mich hören kannst, dann drück meine Hand."

Ein leiser Druck kam zurück. Damit hatten wir Klarheit. Ich versuchte auch zu testen, ob sie vielleicht doch schlucken konnte und gab ihr sehr, sehr wenig Joghurt mit einem Teelöffel in den Mund. Mutti begriff, was ich wollte und schüttelte ganz schwach mit dem Kopf. Sie wusste genau um sich Bescheid.

Die meiste Zeit aber schlief Mutti. Sie war sehr ruhig. Wenn sie mal unruhig wurde, wussten wir, dass sie nicht mehr liegen konnte. Dann kam sofort eine Pflegerin und drehte sie auf die andere Seite. Mutti merkt genau, dass wir bei ihr waren. Ab und zu schaut sie uns mit noch ganz müden Augen an, es kostet sie sehr viel Kraft, die Augen zu öffnen.

Morgen ist es eine Woche her, seit Mutti den Schlaganfall bekommen hatte. Als Werner und ich heute Morgen kommen, sind wir erneut sehr erstaunt über ihr Aussehen. Ihr Gesicht ist nicht mehr so verzerrt und verstellt, ihr Mund ist geschlossen. Wenn sie wach ist, schaut sie uns ganz klar und intensiv an. Sie liegt sehr entspannt und friedlich in ihrem Bett.

Hatte ich richtig gehandelt?

Wieder kamen Zweifel auf, doch die Ärztin, die oft nach Mutti schaute, beruhigte mich wieder.

„Sie wollen doch keine lebensverlängernden Maßnahmen für Ihre Mutter, es ist alles richtig so!"

Heute bin ich richtig froh, dass es Mutti trotz allem gut geht.

In der kommenden Nacht möchte Ivonne, unsere Schwiegertochter noch einmal bei Mutti sein. Ich bin ihr sehr dankbar dafür!

Am nächsten Morgen berichtet sie mir, dass Mutti in der Nacht sehr unruhig war. Sie hat einmal so laut gestöhnt, dass Frau Wende davon wach wurde und aufrecht im Bett saß.

Unsere Kinder, die in der Woche ihrer Arbeit nachgehen müssen, können nun keine Nacht mehr aufbleiben, sie brauchen auch ihren Schlaf. Ich bin heute sehr bemüht, eine Nachtwache für Mutti zu finden. Das stellt sich als sehr schwierig heraus. Ich versuche, ob das Rote Kreuz, das im unteren Geschoß des Heimes ein Büro hat, mir behilflich sein kann.

Leider nicht!

Als ich in ihrem Büro sitze, habe ich wieder ganz gehörig mit meinen Tränen zu kämpfen.

Sie möchten mir gerne helfen, bestätigen sie mir, haben aber keine Möglichkeit. Ich bekomme von ihnen nur ein paar Tipps.

Im Heim sind alle sehr bemüht, mir behilflich zu sein. Auch die Heimleiterin setzt sich für mich ein und hat Glück. Eine ehemalige Pflegerin, die schon in Rente ist, möchte in den nächsten Nächten bei Mutti sein. Das beruhigt mich sehr. Ist egal was es kostet und wenn dafür auch das ganze restliche Geld von Mutti drauf geht. Ich könnte einfach nicht ruhig schlafen, wenn Mutti allein wäre. Obwohl sie ja nicht ganz allein ist, die Nachtschwester hat versprochen, jede Stunde nach Mutti zu sehen. Es gibt mir aber ein besseres Gefühl, wenn ich weiß, dass jemand nur für Mutti da ist.

Vom Pflegepersonal im Heim werden wir in jeder Hinsicht unterstützt. Sie bewundern, wie sehr wir uns um Mutti kümmern, das hätten sie noch nie erlebt. Die Heimleiterin bietet uns sogar einen

Raum an, in dem wir uns ausruhen können. Das ist wirklich sehr freundlich.

Für mich ist es selbstverständlich, dass ich bei Mutti bin. Frau Wende, die uns Tag und Nacht bei ihr sitzen sieht, sagt öfters in mahnendem Tone zu mir, „gehen Sie doch nach Hause, das können Sie nicht mehr lange durchhalten!"

Ich erkläre ihr dann aber, dass ich zu Hause sehr unruhig wäre, hier bei meiner Mutter sitze ich ganz entspannt.

Heute merke ich allerdings meine Müdigkeit sehr. Bin voll erledigt und sehr froh, dass meine Schwester kommt und heute Nachmittag bis in die Nacht und auch morgen den ganzen Tag bei Mutti bleibt.

Jetzt können wir uns ein wenig ausruhen und mal etwas länger schlafen. Trotzdem, mit meinen Gedanken bin ich immer bei ihr. Ihr Zustand scheint sich stabilisiert zu haben. Auch die Ärztin ist darüber sehr erstaunt. Wir beraten gemeinsam, was zu tun ist. Auf keinen Fall wollen wir, dass Mutti eine sogenannte P.G. bekommt. Dabei wird ein Schlauch in den Bauch gelegt. Durch diesen Schlauch lässt man die künstliche Nahrung fließen. Die Stationspflegerin hat uns mehrere solcher Patienten, die schon seit Wochen oder gar Monaten hier im Heim auf dieser Station gepflegt werden, gezeigt.

Der Anblick hat uns geschockt!

Nein, das wollen wir nicht! Nicht für Mutti!

Das ist auch nicht in ihrem Sinn. Sie bekommt weiterhin die Infusionen, damit sie noch genügend Flüssigkeit bekommt, damit sie nicht verdursten muss.

Sehr ruhig und entspannt liegt Mutti in ihrem Bett. Wenn ich wissen will, ob sie mich versteht, bitte ich sie die Hand an die Nase zu legen. Sie macht es prompt, aber sehr langsam, ihre Kräfte lassen allmählich nach.

Die Nachtschwester wird heute von einer anderen Nachtschwester abgelöst. Als ich sie kennen lerne, bin ich sehr angetan von ihr. Ich merke auf Anhieb, dass sie Mutti sehr mag.

„Ihre Mutter ist eine ganz Liebe," sagt sie zu mir, „sie ist mein Liebling!" Dabei sieht sie Mutti herzlich an.

„Es macht sie sehr traurig, dass es ihr so schlecht geht," meint sie.

Wie rührend und liebevoll sie sich um Mutti kümmert!

Bevor sie abends einschläft, singt sie ihr ein hübsches Abendlied, drückt sie sehr herzlich und gibt ihr einen gute Nachtkuss!

Auch die Nachtwache, die ich für Mutti organisiert hatte, ist äußerst nett und verständnisvoll.

Als wir jedoch das Gefühl haben, dass sich Muttis Zustand stabilisiert hat, und die Dame uns berichtet, dass Mutti in der Nacht sehr ruhig schläft, entschließen wir uns erst einmal auf die zusätzliche Nachtwache zu verzichten.

„Machen Sie sich keine Sorgen!" sagte die nette Nachtschwester zu mir, wenn sie sah, dass ich beunruhigt war. „Ich kümmere mich schon um meinen Liebling!"

Sie erklärt mir auch, dass sie mit meiner Entscheidung, Mutti nicht in ein Krankenhaus gebracht zu haben, sehr einverstanden ist. Sie bewundert meinen Mut dazu, der mich allerdings oft verlässt!

Wenn ich an Muttis Bett sitze und sie mich so intensiv mit ihren lieben, blauen Augen ansieht, kommen mir die Tränen. Ich muss meinen Kopf zur Seite drehen, damit Mutti nicht sieht, dass ich so traurig bin.

Verzweifelt denke ich, wie ungerecht es ist, dass Mutti so völlig gelähmt daliegen muss!

Warum lässt der liebe Gott das zu?

Habe ich die richtige Entscheidung getroffen?

Werner baut mich wieder auf.

„Mach dich doch nicht fertig, es ist alles richtig so."

Immer, wenn ich von Zweifeln überfallen werde, gibt es jemanden, der mich wieder aufbaut und mir Mut macht.

Ja, wenn ich Mutti dann so ruhig da liegen sehe, glaube ich, dass es richtig war.

Immer, schon vom ersten Tag an nach ihrem Schlaganfall, zünden wir, wenn wir bei Mutti sind, eine Kerze an. Auch die Nachtwachen hielten es so.

War Mutti wach, legten wir eine CD auf den mitgebrachten Rekorder. Dann ertönte eine ganz liebliche und entspannende Musik, die begleitet wurde vom Rauschen des Meeres und vom Gezwitscher der Vögel. Der ganze Raum war dann von einer wunderbaren, feierlichen und friedlichen Stimmung erfüllt. Jeder, der das Zimmer betrat, war davon ergriffen. Mutti gefiel die Musik sehr. Sie summte die Melodien leise mit.

Heute kam die Ärztin, um nach Mutti zu sehen. Als sie ins Zimmer trat, war auch sie von der heimeligen Atmosphäre, sehr ergriffen.

„Wie schön," sagte sie bewundernd.

Nachdem sie Mutti untersucht hatte, gingen wir auf den Flur. Wir vermieden es, uns in Muttis Beisein über ihren Zustand zu unterhalten. Die Ärztin erklärte mir, es wäre ein kleines Wunder, dass Mutti die ersten Tage überlebt hätte. Damit hätte sie nicht gerechnet.

Inzwischen sind zwei volle Wochen seit dem Schlaganfall vergangen. Mutti schläft sehr viel.
Dann gehen Werner und ich nach draußen und machen einen kleinen Spaziergang, oder wir essen eine Kleinigkeit.
Es ist Ende September, aber der Sommer ist immer noch da und die Sonne verwöhnt uns mit ihren hellen, warmen Strahlen.
Sobald Mutti wieder wach ist, bin ich wieder bei ihr. Werner muss ins Geschäft.

Dieser Nachmittag ist ein ganz besonderer.
Sobald Mutti wach ist, lege ich die CD auf und summe und pfeife die Melodien mit. Mutti liegt ruhig und friedlich in ihrem Bett.
Ich zeige ihr den kleinen, weißen Teddy, den sie so mag und den kleinen Engel, der an ihrem Bett sitzt.
Auch die rote Rose, die eine Pflegerin mitgebracht hat, halte ich ihr hin.
Zwischendurch mache ich ihr, wie immer, ihren Mund mit einem getränkten, dickeren Stäbchen aus Watte, sauber. Es kommt nur noch ganz wenig Schleim. Sonst sitze ich an ihrem Bett und halte ihre Hand und streichle sie. Mutti ist jetzt so schwach, sie kann ihre Hand nur noch ganz wenig bewegen, auch ihre Finger haben keine Kraft mehr. Sie möchte mich streicheln, aber es gelingt ihr nicht mehr.

Aber sie summt ganz leise die Melodien mit.

Es ist ein so schöner Nachmittag, wir beide sind uns so nah, es ist, als ob die Zeit für einen Moment stehen bleibt. Wir genießen diese Momente sehr. Erst um halb acht wird Mutti müde. Ich stehe da, als sie schläft, ich kann mich nicht von ihr trennen. Ich bin richtig glücklich, und eine unendliche Dankbarkeit steigt in mir auf, dass ich diese Stunden mit ihr verleben durfte. Es klingt noch lange in mir nach. Ich rufe Werner an, der mich abholt.

Der Nachmittag hat mir so viel Kraft gegeben, selbst meine Schmerzen in meiner Wange, die mich seit dem Schock mit dem Schlaganfall wieder quälen, sind weg.

Am nächsten Morgen ist Werner bei Mutti. Ich muss dringend einige Arbeiten im Haushalt erledigen. Er berichtet mir, dass Mutti wie immer ruhig ist und viel schläft. Nach dem Essen fahre ich mit dem Bus zu Mutti. Der Urlaub, den Werner sich genommen hatte, ist vorbei, er muss sich um das Geschäft kümmern.

Ich weiß nicht wieso, aber heute bin ich sehr unruhig und dazu noch hundemüde. Ich lege mich nach dem Essen noch einen Moment hin und laufe dann zur Bushaltestelle. Der Bus hat Verspätung, sodass ich den Anschlussbus nicht bekomme, muss eine halbe Stunde auf den nächsten warten. Meine Unruhe wächst, es drängt mich, schnell zu Mutti zu kommen. Als ich dann endlich bei ihr bin und die Zimmertür öffne, merke ich, dass etwas nicht stimmt. Mutti ist sehr unruhig, sie stöhnt laut.

Ich nehme ihre Hand und spreche beruhigend zu ihr. Die Pflegerin kommt und legt Mutti auf die andere Seite. Aber auch danach ist sie unruhig und stöhnt. Sie macht ihre Augen nicht auf, ich weiß nicht, ob sie mich versteht.! Nach einer Weile bitte ich die Pflegerin, Mutti wieder zu drehen. Ihre Unruhe bleibt, aber das Stöhnen ist nicht mehr so laut. Danach wird Mutti etwas ruhiger und schläft für kurze Zeit ein. Als Werner kommt, den ich angerufen hatte, beschließen wir, Mutti ein Beruhigungszäpfchen geben zu lassen. Die Ärztin hatte es verschrieben. Sie hatte es in den ersten Tagen nach ihrem Schlaganfall bekommen, danach war es nicht mehr nötig. Auf meine Bitte hin, verabreicht die Pflegerin ihr das Zäpfchen. Sofort schläft sie ein. Ich bin in großer Sorge und total fertig. Rufe die Nachtwache an, die heute Nacht wieder bei Mutti bleiben will. Erst um neun Uhr fahre ich mit unserem Sohn, der auch schnell gekommen ist, nach Hause. Werner hatte mich dazu überredet, er will noch lange bei Mutti bleiben. Warum bin ich ausgerechnet heute so kaputt, ich bin total fertig.

Obwohl ich so müde bin, kann ich nicht schlafen. Stehe um ein Uhr auf und trinke noch mal einen Schluck Bier. Danach schlafe ich kurz ein, bin aber um vier Uhr wieder wach. Wieso bin ich so unruhig? Möchte am liebsten auf der Stelle zu Mutti, aber Werner kann mich nicht fahren, er ist so spät gekommen und braucht seinen Schlaf. Ich habe keinen Führerschein. Morgen würde es wieder ein anstrengender Tag werden, deshalb versuchte ich angestrengt, noch ein wenig Schlaf zu bekommen.

Ich verließ mich auf die Nachtschwester, die mich immer beruhigt hatte und versprach, mich sofort anzurufen, wenn auch nur die kleinsten Anzeichen da wären, dass der Moment des Abschieds gekommen war. Auch gestern Abend hatte sie es mir versprochen, weil ich zögerte, ob ich nach Hause fahren sollte. Doch Mutti schlief ganz ruhig und die Nachtschwester sagte, „gehen Sie und ruhen Sie sich aus, ich werde oft nach ihrer Mutter schauen und Sie sofort anrufen!"

Ich wollte unbedingt bei Mutti sein, wenn es soweit war. Ich lag im Bett, meine Unruhe wuchs von Minute zu Minute, an Schlaf war nicht mehr zu denken.

Um fünf Uhr klingelt das Telefon. Sofort, als ich den Hörer abnehme, weiß ich Bescheid.

Genau diesen Moment, als die Dame, die während der ganze Nacht an ihrem Bett gesessen hatte und nur für einen kurzen Moment aus dem Zimmer gegangen war und niemand in diesem Augenblick bei ihr war, hatte Mutti genutzt!

Ganz ruhig ist sie hinüber gegangen!

Sie hat uns verlassen, aber nicht für immer, wir werden uns wiedersehen!

Am nächsten Tag war der Geburtstag von meiner Zwillingsschwester Monika und mir.

Nachdem ich die Biographie beendet habe und viel Zeit hatte alles in Ruhe zu überdenken, muss ich gestehen, dass ich doch aus heutiger Sicht, einiges anders entschieden hätte.
Allerdings gibt es auch heute, nachdem zehn Jahre verstrichen sind, ganz andere Möglichkeiten.

Gleichzeitig bedanke ich mich bei allen, die mich während der ganzen Zeit unterstützt haben. Großer Dank gebührt unseren Kindern, sowie unserer Schwiegertochter. Mein ganz besonderer Dank gehört Werner, der immer an meiner Seite war.